dtv
premium

Ausführliche Informationen über
unsere Autoren und Bücher
finden Sie auf unserer Website
www.dtv.de

Rinus Spruit

Der Strom, der uns trägt

Eine Familiengeschichte

Aus dem Niederländischen
von Mirjam Pressler

Deutscher Taschenbuch Verlag

Der Verlag dankt der Niederländischen
Literaturstiftung für die Förderung
der Übersetzung.

Nederlands
letterenfonds
dutch foundation
for literature

MIX
Papier aus verantwortungsvollen Quellen
FSC® C013736
FSC
www.fsc.org

Deutsche Erstausgabe 2011
Deutscher Taschenbuch Verlag GmbH & Co. KG, München
Die niederländische Originalausgabe erschien 2009
unter dem Titel ›De rietdekker. Een familiegeschiedenis‹
bei Uitgeverij Cossee BV in Amsterdam.

Umschlagkonzept: Balk & Brumshagen
Umschlagfoto: Rinus Spruit
Gesetzt aus der Caslon Buch BQ 10,75/14,25˙
Satz: Greiner & Reichel, Köln
Druck und Bindung: Kösel, Krugzell
Gedruckt auf säurefreiem, chlorfrei gebleichtem Papier
Printed in Germany · ISBN 978-3-423-24864-8

August 1994

Er sitzt auf seinem bequemen Stuhl im Hinterzimmer am Fenster. Über seinem Kopf hängt ein kleines Mikrofon, das ich an einer Schreibtischlampe befestigt habe.

Dreiundachtzig Jahre ist Vater nun alt. Ich bin achtundvierzig. Der Vater und sein jüngster Sohn.

»Wir waren noch nie so weit von zu Hause weg gewesen«, sagt Vater. »Und wir hatten kein Glück.« Er seufzt, ist einen Moment still. »Wir waren fast fertig mit der letzten Kartoffelscheune, als das Telegramm kam. ›Jan und Merien nach Hause kommen.‹ Merien und ich sind dann nach Hause gefahren, Bram blieb zurück, um die Arbeit fertig zu machen.«

»Und dann, Vater, was ist dann passiert?«

Vater sagt nichts. Er möchte etwas sagen, schüttelt dann niedergeschlagen den Kopf. Macht eine wegwerfende Handbewegung.

»Hör auf«, sagt er, »hör auf damit.«

Und dann wurde Vater still.

Erster Teil

ZÄH WIE EIN HUND

Zeeland, Zuid-Beveland. Im Jahr 1920

»Jan, du musst dich ums Geld kümmern!« Ich ging erst ein paar Jahre in die Volksschule, konnte kaum schreiben, musste schon für den Vater die Rechnungen für die Reetdachdeckerarbeiten in Ordnung bringen. Der Vater konnte nicht gut schreiben und Bram und Merien hatten keine Lust dazu. Ich hatte ein Heft und schrieb regelmäßig auf, wie viele Stunden der Vater, Bram und Merien gearbeitet hatten, bei welchem Bauern und wie viele Bündel Schilfrohr sie gebraucht hatten. Anhand dieses Heftes schrieb ich die Rechnungen. Ich musste auch das Geld eintreiben. »Jan«, sagte der Vater dann, »du musst dich ums Geld kümmern.« Und er fügte noch hinzu: »Sie sollen sofort bezahlen.«

Ich ließ mich von den Bauern nicht wegschicken, ohne dass sie bezahlt hatten. So kam ich zu Lou Neuze in 's-Heerenhoek, einem dicken Bauern mit einem großen, runden seeländischen Hut auf dem Kopf. Der Vater hatte dort Scheunen mit Stroh gedeckt, und ich hatte geholfen, das Stroh zu tragen. Sechs Strohhaufen hatte der Vater zum Decken gebraucht, zum Gesamtbetrag von achtzehn Gulden. Ich gab dem Bauern die Rechnung, und er betrachtete sie mit einem unglücklichen Ausdruck in den Augen, als läse er seine eigene Todesanzeige. Ohne ein Wort zu sagen, schlich er wie ein geprügelter Hund in eine Zimmerecke, schloss den Tresor auf und holte eine dicke Geldbörse hervor. »Es hat mir nichts gebracht«, sagte er und warf zehn Gulden auf den Tisch. Mehr wollte er nicht geben. Aber ich ließ mich nicht wegschicken, ich war zäh wie ein Hund. Der Vater hatte nicht umsonst gesagt: »Sie sollen bezahlen.«

»Es hat mir nichts gebracht«, wiederholte der Bauer und schaute mich vernichtend an. Aber ich wartete, bis er endlich die fehlenden acht Gulden auf den Tisch warf. »Sag deinem Vater, dass es zu viel war. Es war nicht recht. Es war zu viel, das kannst du deinem Vater ruhig sagen.«

Ich ging mit meinen achtzehn Gulden weg und dachte: So ein verdammter Bauer, wir arbeiten wochenlang für ihn und dann will er noch nicht mal bezahlen, so ein verdammter Bauer.

Er rief noch hinter mir her: »Es war zu viel! Sag deinem Vater, dass es zu viel war. Es war nicht recht.«

DER MUTTER IST ES NICHT GUT

Ich war schon mit der Volksschule fertig und wollte das Reetdachdecken lernen, musste aber immer zu Hause bleiben, um für die Mutter zu sorgen, denn es war ihr *nicht gut.* Viel lieber wäre ich mit dem Vater, Bram und Merien mitgegangen, um das Handwerk zu erlernen, und bei den Bauern konnte man öfter was erleben.

Während die Mutter im Alkoven lag, musste ich alle möglichen Arbeiten erledigen. Den Boden mit Besen und Kehrblech fegen, Eimer mit Wasser aus der Scheune holen, Kaffeewasser aufsetzen und Kartoffeln unter dem Alkoven hervorholen.

Die Mutter blieb bis mittags im Alkoven liegen, manchmal bis weit in den Nachmittag hinein. Ich hatte es ziemlich satt und verkroch mich hinter dem Büfett. Dann fing ich an, ›20 000 Meilen unter dem Meer‹ von Jules Verne zu lesen. Nach einer Weile rief die Mutter: »Jaaan, Jaaan, wo bist du?« Ich verhielt mich ganz still, aber es dauerte nicht lange und sie fing wieder an zu rufen: »Jaaan, Jaaan, wo bist du? Warte, ich sag's deinem Vater!« Dann kam ich wieder zum Vorschein und machte mit den Arbeiten weiter. So ging es immer, Tag um Tag, Monat um Monat. »Morgen«, sagte der Vater, »morgen darfst du mit, Jan, da kannst du Reetdachdecken lernen.« Aber am nächsten Morgen rief die Mutter wieder aus dem Alkoven: »Mir ist nicht gut, ich kann nicht aufstehen, mir ist es gar nicht gut.« Dann war der Vater für einen Augenblick still, aber er brauchte nicht lange nachzudenken. »Jan«, sagte er, »deiner Mutter ist nicht gut, du musst auf deine Mutter aufpassen.«

Und so lernte ich das Reetdachdecken nie.

DIE PETROLEUMLAMPE

Es ist Abend, wir sitzen beim Schein der Petroleumlampe. Um den Tisch. Die Mutter liest ein Buch. Der Mutter geht es abends am besten, dann möchte sie nicht ins Bett. Der Vater schaut auf die Pendeluhr und sagt: »Es ist Zeit, wir gehen ins Bett!«

Wir tun, als würden wir ihn nicht hören, die Mutter liest einfach weiter. Aber der Vater denkt an die Petroleumlampe. Noch einmal sagt er: »Los, es ist Zeit, ins Bett!« Wieder passiert nichts. Er steht auf und bläst, pffffff, die Petroleumlampe aus. Wir sitzen im Dunkeln. »Sonst haben wir morgen früh kein Öl mehr. Wenn die Lampe leer brennt, ist morgen früh nichts mehr drin. Dann kann ich morgen früh wieder Öl holen!«

Alles dreht sich um die Mutter, trotzdem ist der Vater der Herr im Haus.

DIE RATTENSCHEUNE

Vierzehn Jahre war ich schon alt, aber Reetdachdecken konnte ich noch immer nicht. An Tagen, an denen ich nicht für die Mutter sorgen musste und mit zum Decken durfte, musste ich für den Vater, Bram und Merien Schilfrohr aufs Dach schleppen. Aber das würde sich jetzt ändern. Der Vater hatte einen großen Auftrag auf der Insel Tholen angenommen. Auf einem Bauernhof sollte ein neues Dach mit Schilfrohr gedeckt werden, wir würden wochenlang Arbeit haben.

»Jan«, sagte der Vater, »du darfst mit nach Tholen. Dort darfst du Reetdachdecken, Junge, dort wirst du lernen, wie es geht!«

Sobald es hell wurde, zogen wir los, auf alten Fahrrädern, beladen mit Werkzeug, Reisig und Weidenruten. Der Vater hatte am Lenker seines Fahrrades einen Beutel mit Brot, Eiern und Speck. Merien hatte sogar ein Federbett für zwei Personen dabei, das er mit elastischen Bändern auf dem Gepäckträger festgebunden hatte. Wir waren gerade losgefahren, als wir plötzlich von einem Gewitter überrascht wurden. Wir suchten bei Heinkenszand Schutz unter einer Linde, waren aber schon völlig durchnässt, das Wasser rann aus Meriens Federbett. Wir radelten weiter nach Yerseke, dort setzten wir mit einem kleinen Boot nach Tholen über. Es war ein sehr kleines Boot, eine Art größeres Ruderboot mit einem Motor. Es lag sehr tief im Wasser und schaukelte ziemlich. Dem Vater war es nicht ganz geheuer, er starrte ängstlich vor sich hin und traute dem Ganzen nicht. Wir waren schon ein ziemliches Stück von der Küste entfernt, als der Schiffer plötzlich umkehrte, weil er am Ufer jemanden stehen sah, der auch noch mitwollte. Es war ein Mann, der mit Seilen hausierte. Als er mit seinem Fahrrad und seiner Ware in das Boot gestiegen war, lagen wir noch tiefer. Der Vater hatte sich ganz hinten ins Boot gesetzt. Er hielt sich mit ausgestreckten Armen an beiden Bordkanten fest und klammerte sich daran, als könnte er dadurch das Boot vor dem Sinken retten. Wir lagen so tief, dass seine Fingerspitzen vom Wasser umspült wurden.

Als wir auf Tholen den Bauernhof erreichten, schaute der Vater sich um, gab uns einige Anweisungen und radelte wieder nach Hause, denn die Mutter traute sich nicht, nachts allein zu sein. Bram, Merien und ich blieben zurück. Im März kann es *verdammt* kalt sein. Tagsüber, solange wir arbeiteten, ging es einigermaßen, aber abends in der Scheune wurde uns nicht warm. Es war eine so gemeine, beißende Kälte, dass wir vor Verzweiflung noch eine Weile draußen herumliefen, damit wenigstens unsere Füße warm wurden. So etwas macht man nicht einfach zum Spaß, abends noch mal auf dem kalten, dunklen Polder herumzulaufen.

Wir schliefen auf einem Getreideboden, auf einer Schicht Stroh. Meriens Federbett war noch nass, das konnten wir vorläufig nicht nehmen. Wegen der Kälte schliefen wir alle drei eng aneinandergedrückt, noch in unserer Arbeitskleidung. Sogar unsere Schuhe behielten wir an, hatten aber die Schnürsenkel aufgemacht. Mitten in der Nacht hörte ich ein Tick-tick-tick, ein Rad, das sich drehte. Es stand dort ein altes Fahrrad, mit den Rädern nach oben. Vom Dachstuhl war eine Ratte auf das Fahrrad heruntergesprungen und hatte das Rad in Bewegung versetzt. Ratten sind menschenbezogen, sie halten sich gern bei Menschen auf. Sie sind es nicht gewöhnt, dass jemand in der Scheune schläft, sie werden neugierig, kommen angeschlichen und scharren direkt neben deinem Kopf im Stroh. Dann sind sie wirklich verdammt nah! Bram war krank geworden. Er lag die ganze Nacht hustend an meinem Rücken. Am nächsten Morgen hatte ich einen nassen Fleck am Rücken.

Ich versuchte es auch mit dem Reetdachdecken, aber Bram sagte: »Mann, hör doch auf, du bringst überhaupt nichts zustande. Deine Schicht ist viel zu schlaff. Geh hinunter und hol Schilfrohr, davon haben wir mehr.«

WAS FEHLTE DER MUTTER EIGENTLICH?

Was fehlte der Mutter eigentlich? Wir wussten es nicht. Ihr war es oft *nicht gut,* dann blieb sie bis mittags im Alkoven und manchmal kam sie den ganzen Tag nicht heraus. Wenn es der Mutter *nicht gut* war, war sie schwierig, lästig. Sie sah dann auch immer ein bisschen grau aus. Trotzdem erholte sie sich wieder und dann lief es eine Zeit lang gut. Doch ein paar Wochen später ging es wieder schief. Von Doktor Luijks aus ’s-Heerenhoek bekam sie immer große Flaschen Medizin. *Meistergut* nannte die Mutter das Zeug. Es war ein rosafarbener Saft. Doktor Luijks schickte die Mutter zur Untersuchung ins Krankenhaus. Sie blieb dort einige Tage, aber die Ärzte konnten nichts finden. Daraufhin sagte Doktor Luijks: »Ich komme nicht mehr, ich kann dich nicht gesund machen.« Die Mutter ging dann zu Doktor Gelderblom in Nieuwdorp. Der verschrieb ihr einen anderen Saft. Einen Saft mit einer anderen Farbe, das schon. Aber gesund machen konnte er sie auch nicht.

STURM

»Ach, was für ein Sturm!«, schrie die Mutter und stieß angstvolle Schreie aus, wenn der Wind ums Haus heulte und die Dachziegel klapperten. »Mädchen, halt den Mund«, sagte der Vater dann immer strafend, »der Sturm weht Brot in den Kasten!« Denn ein Sturm bedeutete Arbeit für uns.

Ein schwerer Sturm verursachte so viel Schaden an den Reetdächern, dass wir manchmal monatelang Arbeit hatten. War eine Scheune bis unter das Dach voller Getreide, hielt sich der Schaden in Grenzen, aber in leeren oder halb leeren Scheunen konnte der Wind viel anrichten. Er schiebt und zieht wie ein Riese, sucht sich einen Weg hinaus und hinterlässt eine Spur der Vernichtung.

Wenn es in einer Nacht einen schweren Sturm gegeben hatte, kamen am Tag darauf viele Bauern zu uns. Der Sturm hatte ein Loch in ein Dach gerissen und das musste repariert werden, möglichst schnell, denn das

Getreide, das in der Scheune lagerte, würde nass werden und verfaulen.

Manchmal klopften sie schon um fünf Uhr morgens ans Fenster. Jeder Bauer wollte sofort Hilfe. Der Vater hörte sich jeden Bauern geduldig an und sagte dann: *»Morgen, morgen komm ich.«* Das sagte er zu jedem Bauern. Und so gingen sie alle zufrieden nach Hause.

DOCKEN

Bram war Reetdachdecker mit Herz und Seele, er arbeitete gern und schwer. Er hat für den Vater viel Geld verdient, doch nie hat er dafür ein anerkennendes Wort gehört. Der Vater und er kamen nicht gut miteinander aus. Immer hatten sie Streit. »Bram hat *fliegende Kenntnisse*«, sagte der Vater manchmal, und damit meinte er, dass Bram zuweilen seltsame Ideen hatte und verrückte Sachen sagen konnte. Weil der Vater mit Bram nicht gut zurechtkam, arbeitete er immer mit Merien zusammen, sodass ich mit Bram mitmusste. Für mich war das nicht gut, denn Bram war so besessen von seinem Handwerk, dass er abends nicht heimgehen wollte. Hier noch ein bisschen Schilfrohr hineinschieben, dort noch einen Nagel einschlagen, er machte einfach immer weiter. Deshalb war es meist sieben Uhr vorbei, bis wir heimgingen, und dabei waren wir morgens schon vor sechs aufgebrochen.

Während der Mittagspause blätterte Bram bei einem

Bauern mal im »Bauernhof« und las eine Stellenanzeige: »Reetdachdeckerbetrieb in Borculo sucht selbstständig arbeitenden Reetdachdecker.« Das war etwas für Bram, es war eine Chance, vom Vater wegzukommen. In Borculo herrschte großer Mangel an Reetdachdeckern. Ein Wirbelsturm hatte im Jahr davor, 1925, eine schreckliche Verwüstung angerichtet. Es hatte vier Tote gegeben und kaum ein Haus oder ein Bauernhof war unbeschädigt geblieben. Bram antwortete auf die Annonce und wurde genommen, für fünfunddreißig Cent pro Stunde und neun Gulden monatlich für Kost und Logis. Ich sehe Bram noch losziehen, mit einem grauen Jutesack auf dem Rücken (Taschen oder Koffer besaßen wir nicht) und darin ein paar Werkzeuge und Speckbrote für unterwegs. Bram gab uns die Hand, aber als er sich vom Vater verabschieden wollte, drehte der ihm den Rücken zu. Der Vater war nicht einverstanden gewesen, dass Bram wegging, er konnte ihn selbst gut gebrauchen. Als Tante Siene später davon hörte, tadelte sie den Vater. »Wenn wir eine Kuh verkaufen, verabschieden wir uns doch auch von ihr«, sagte sie.

Bram blieb zwei Jahre lang in Borculo. Eines Abends, wir lagen schon im Bett, hörten wir ein Rumoren an der Hintertür. Dort stand Bram, mit demselben grauen Jutesack, mit dem er losgezogen war.

Durch seine Erfahrung in Borculo war Bram ein noch besserer Reetdachdecker geworden. Er hatte dort andere Techniken gelernt. So ließ er durch einen Boten einen Dachschemel aus Borculo kommen. Wir hatten so etwas noch nie gesehen, es war eine Art Leiter mit zwei Sprossen und einem großen Haken. Man konnte den Dachschemel mit dem Haken am Reetdach befestigen und dann darauf sitzen oder stehen. Merien war ein guter Handwerker und stellte gleich zwei weitere Exemplare her. Sie haben uns sehr geholfen, das musste auch der Vater zugeben, aber er hat sich nie bei Bram dafür bedankt. Der Vater und Bram, das passte nicht zusammen. Und es wurde auch nie besser.

In Borculo hatte Bram gelernt, Strohdocken zu machen. Strohdocken sind Stränge aus Roggenstroh. Unter jeden Dachziegel wurden Docken gelegt, um das Dach gegen Kälte, Regen und Schneegestöber zu schützen. In Seeland war der Gebrauch von Docken völlig unbekannt. Bram erklärte mir, wie er sich die Kunst der Herstellung von Strohdocken angeeignet hatte. Es war ein bestimmter Griff, eine Fingerfertigkeit. Man nahm in jede Hand etwas Stroh mit den Ähren nach oben. Und diese Bündel drehte und knüpfte man dann so zusammen, dass ein V-förmiger, fester Strang entstand. Brams Chef, Jan Braskamp, sagte mal zu ihm: »Bram, wir werden jetzt eine Stunde lang Docken drehen, ohne zu reden, und dann zählen wir, wie viele wir gemacht haben.« Er stellte zwei Stühle in den Kuhstall und hängte seine Taschenuhr an einen Nagel am Balken. Nach einer Stunde zählten sie. Bram hatte zweiundvierzig

Docken fertig, Braskamp vierundfünfzig. »Weiter üben«, sagte Braskamp, »dann drehst du in ein paar Wochen ebenso viele wie ich.«

Daheim in Seeland wollte Bram die seeländischen Bauern dazu bringen, ebenfalls Docken zu benutzen. Er machte sich sofort daran, einen großen Vorrat anzulegen, der Vater schaute kopfschüttelnd zu. Bram setzte eine Anzeige in das ›Zeeuwsch Dagblad‹. »Eine Neuheit für Seeland. Prima Strohdocken für hohle Dachziegel zu kaufen. Kein eindringendes Schneegestöber mehr. Können auch aus eigenem Stroh hergestellt werden. Günstiger Preis. Empfohlen von Abr. Spruit, Dockenmachermeister und Reetdachdecker in Nieuwdorp bei Goes.«

Doch sosehr Bram sich auch bemühte, die seeländischen Bauern wollten nicht anbeißen. Was der Bauer nicht kennt, frisst er nicht. Sage und schreibe ein einziger Bauer wollte Docken unter die Dachziegel seines Kuhstalls. Mehr nicht. Bram blieb auf seinen Docken sitzen. Später haben wir ihn ab und zu noch damit aufgezogen, Bram und seine Docken.

DER VATER SCHNEIDET BROT

Der Vater kam morgens immer als Erster aus dem Bett. Im Sommer schwang er schon um vier Uhr morgens seine Beine über die Mutter hinweg und kletterte aus dem Alkoven. Barfuß lief er zum Petroleumkocher und setzte Wasser für Tee auf. Das musste als Erstes passieren, denn es würde lange dauern, bis das Wasser kochte. Erst dann zog er seine Strümpfe an, lange warme, von der Mutter gestrickte Strümpfe, die ihm bis zu den Knien reichten. Der Vater hatte so viel zu tun, dass er sich nicht die Zeit gönnte, die Schnüre an den Beinen seiner langen Unterhose festzuziehen. Mit großen zornigen Schritten lief er durch das Zimmer, und wenn wir junge Katzen hatten, rannten ihm diese wie verrückt hinterher und spielten mit den Schnüren, die über den Boden schleiften. Sobald der Vater Tee gemacht hatte, weckte er auch uns. Wenn wir hinunterkamen, war er schon eifrig dabei, Brot zu schneiden.

Ach ja, was hatte er morgens viel zu tun. Er musste

die Brote für vier Männer fertig machen, für den ganzen Tag. Von einem Vier-Pfund-Laib, den er an die Brust gedrückt hielt, schnitt er in hohem Tempo Dutzende von Scheiben ab. Brot schneiden, das konnte der Vater. Er hatte ein sehr scharfes Messer, dünn und abgenutzt, Tausende Brotscheiben hatte er damit schon geschnitten. Seine Weste zeigte die Spuren des jahrelangen Brotschneidens, sie war voll zahlloser kleiner Schnitte. Er bestrich die Brote mit Schmalz und streute noch einen Löffel Zucker darüber. Dann klappte er die geschmierten Brote zusammen und machte daraus vier Stapel. Jeden Stapel wickelte er in ein Tuch und legte ihn in den Brotsack.

Die Mutter blieb im Alkoven, noch halb verschlafen, aber doch wach genug, um zu beobachten, was um sie herum geschah. Wenn der Tee fertig war, rief sie: »Jaaan, gib mir eine Tasse Tee, meine Kehle ist ganz trocken!« Wenn wir fertig waren und loszogen, rief sie uns aus dem Alkoven hinterher: »Denkt dran, die Hintertür zuzumachen. Gestern habt ihr die Hintertür offen gelassen. Die Hühner sind reingekommen und haben die Katzenschüssel leer gefressen. Und auf den Boden geschissen! Denkt dran, dass ihr die Hintertür zumacht!«

So fuhren wir zur Arbeit, der Brotsack baumelte am Lenker.

SEPARATE TÖPFCHEN

Wenn wir alle zusammen zum Abendessen am Tisch saßen, standen neben dem Teller der Mutter immer separate Töpfchen. Denn die Mutter war kränklich und vertrug das normale Essen nicht. Sie aß Rindfleisch und Rindfleischsoße, während wir einfach von unserem Schweinefleisch aßen. Sie hatte auch ein Schälchen echte Butter und separate Töpfchen mit Gemüse sowie weich gekochte Äpfel und Birnen. Der Vater irrte sich manchmal, ab und zu löffelte er aus den Töpfchen der Mutter, er wusste auch, was gut war. Dann machte die Mutter ein böses Gesicht, und wenn der Vater sich gleich darauf wieder irrte, sagte sie: »Tu das nicht, dann hab ich nichts mehr.«

ALT UND ARM

Alt und arm, das war ein Schreckensbild. Der Vater hat uns immer wieder eingeschärft, dass alt und arm das Schlimmste war, was einem passieren konnte. Denn früher gab es keine Rente. Deshalb war der Vater so auf jeden Cent aus. »Alt und arm«, sagte der Vater, »das ist was Schlimmes.« Wir wussten es, alt und arm, was Schlimmeres gab es nicht.

Als Kind hatte ich es schon gesehen. Die alten Männer in der Schmiede in ’s-Heerenhoek. Ausgelöschtes Leben. Sie standen am Feuer, man sah ihre Silhouetten. Der Schmied schürte das Feuer mit dem Blasebalg, die Funken stoben durch die Luft, es war schön anzuschauen. Und die alten Männer standen einfach da, angenehm warm hinter der Kiste mit der Anthrazitkohle. Und da blieben sie bis mittags. Hier gab es eine Wärme, die kein Geld kostete, und zu Hause war es auch nicht schön, denn oft wohnten sie bei ihrer Schwiegertochter, und die war froh, wenn der Alte mal eine Weile weg war.

Später habe ich in Gedanken oft diese alten Männer wieder vor mir gesehen. Wenn wir bei Wind und Wetter arbeiteten, wenn wir in zugigen Scheunen übernachteten. Alt und arm, das durfte uns nie passieren. Deshalb lebten wir so ärmlich, deshalb arbeiteten wir wie die Verrückten. Um ja nicht alt und arm zu enden. Denn alt und arm, Mann, sei still. Alt und arm, Mann, hör doch auf.

DAS STÖVCHEN

Es ist ein rauer Herbstmorgen. Die Mutter ist aus dem Alkoven gekommen und sitzt vor einem Brot mit Ei. Sorgfältig hat sie das größte Ei ausgewählt, sie ist ja kränklich, sie muss sich stärken. Ein paar Stunden zuvor sind wir mit dem Fahrrad losgefahren zum Reetdachdecken, einige Kilometer weiter. Der Vater, Bram, Merien und ich.

Die Mutter fängt mit ihrer Arbeit an. Den Boden fegen, die Hühner versorgen, das Federbett wenden. Die Schüsseln abspülen, eine Kanne Wasser in den Vorratsschrank stellen, Kartoffeln unter dem Alkoven hervorholen. Im Lauf des Vormittags wird sie immer wieder auf die Uhr schauen und seufzend sagen: »Jetzt ist es schon so spät, und ich bin immer noch nicht fertig.« Gegen zwölf fängt sie an, Essen zu kochen, denn die Mutter isst mittags immer allein eine warme Mahlzeit. Was übrig bleibt, stellt sie weg, dann bekommen wir abends die aufgewärmten Reste. Ohne Rindfleisch und echte

Butter natürlich, die sind nur für die Mutter. Nach dem Essen stellt sie eine Schüssel Wasser auf den Tisch. Sie wird sich schön machen. Sie nimmt ihre große seeländische Haube ab und dann ihre kleine Haube, die Untermütze. Sie legt ihr Tuch und das Mieder ab. Gründlich wäscht sie Gesicht, Hals und Nacken. Die Arme, die Hände. Dann zieht sie ein anderes Tuch und ein Mieder an. Sie kämmt ihre dünnen Haare zu einem Dutt. Sie setzt ihre kleine Haube wieder auf, dann die große. Dabei benutzt sie Nadeln, viele Nadeln. Angestrengt schaut sie, den Kopf manchmal zur Seite geneigt, in den großen Spiegel, der neben dem Fenster hängt. Die Haube muss gerade sitzen, das gehört sich so, das ist wichtig. Dass die Haube nicht schief sitzt. Das darf man sich nicht vorstellen!

So. Endlich. Die Arbeit ist fertig, sie kann sich hinsetzen. Aber zuerst macht sie ihr Stövchen fertig, dann hat sie den ganzen Nachmittag schöne warme Füße. Mit der Kohlenzange spaltet sie ein glühendes Brikett, das im eisernen Kohlenherd liegt, in der Mitte durch. Vorsichtig nimmt sie mit der Zange das halbe Brikett und legt es in das Tongefäß. Die andere Hälfte legt sie in den Aschkasten. Über das Kohlenstück im Tongefäß kippt sie etwas Asche, sonst würde es zu heiß, das könnte ihre Strümpfe ansengen oder ihre Füße verbrennen. Die Mutter stellt das Tongefäß in das Stövchen und setzt sich hin, die Füße auf dem warmen Stövchen. Kein bisschen Wärme geht verloren, denn ihre Röcke reichen bis auf den Boden, die ganze Wärme bleibt dort, wo sie sein soll, unter Mutters Röcken. Wenn das Stövchen im Lauf des Nachmittags kalt wird, holt sie das andere halbe Brikett aus dem Aschkasten. Es ist dann zwar erloschen, aber noch nicht ganz ausgebrannt. Es braucht nur kurz ins Feuer gelegt zu werden, und schon glüht es und hält wieder ein paar Stunden.

So geht der Nachmittag vorbei. Die Mutter sitzt da und strickt lange Strümpfe für die Männer. Das Klappern der Stricknadeln mischt sich mit dem Ticken der Pendeluhr. Manchmal sieht die Mutter auf der Straße jemanden vorbeilaufen oder vorbeifahren. Sie kennt jeden, weiß sogar von allen, wo sie hinmüssen.

Die Mutter sitzt und seufzt und strickt. Und wartet.

Wenn wir abends nach Hause kommen, haben wir den ganzen Tag gearbeitet, bei Wind und Wetter, und sind anschließend noch heimgeradelt. Dann sind wir so schlapp wie Spüllappen und haben einen Mordshunger. Nun erwarten uns die aufgewärmten Reste, die die Mutter für uns aufgehoben hat. Kartoffeln mit Speck und schlaffer Salat, mit kochendem Essig übergossen. Wir essen zu viert aus einer Pfanne, der Vater, Bram, Merien und ich. Wir langen fröhlich zu. Denn wenn man halb verrückt ist vor Hunger, schmeckt einem alles.

DER VATER SIEHT, WIE DIE MUTTER KOMMT

Der Vater schaut aus dem Fenster. In der Ferne sieht er die Mutter kommen, sie war auf dem Basar der Frauenvereinigung in ’s-Heerenhoek. Schweigend schaut er zu, wie sich die Mutter nähert. Er schüttelt den Kopf. Er sieht, dass es der Mutter wieder nicht gut ist. Er sieht es an der Art, wie sie geht. »Ich seh’s ihr an«, sagt er tonlos, »die nächsten sechs Wochen ist sie wieder krank.«

Sobald die Mutter hereinkommt, lässt sie sich in einen Stuhl fallen. »Es ist mir nicht gut«, ist das Einzige, das sie keuchend hervorbringen kann.

Und der Vater? Der Vater sagt nichts. Er kniet sich vor sie auf den Boden und schnürt ihr die Schuhe auf.

KEIN BÖSES WORT ÜBER DIE MUTTER

Kein böses Wort über die Mutter.
Die Mutter war eine gute Mutter.
Wir haben die Mutter geliebt.

DER PFARRER

Eines Nachmittags, die Mutter war alleine zu Hause, kam der Pfarrer zu Besuch. »Frau Spruit«, sagte der Pfarrer, »eigentlich komme ich wegen Ihres Mannes. Es stört mich, dass er während der Predigt immer schläft. Könnten Sie ihn bitten, während des Gottesdienstes wach zu bleiben? Wirklich, es stört mich sehr.« Die Mutter nahm den Vater in Schutz. »Herr Pfarrer«, sagte sie, »Sie wissen doch, er arbeitet die ganze Woche von morgens früh bis spät in die Nacht bei Wind und Wetter. Und wenn es dann sonntags warm ist in der Kirche, wird er schläfrig und die Augen fallen ihm zu.« Das musste der Pfarrer doch begreifen. Aber zu mir sagte die Mutter: »Jan, du setzt dich in der Kirche neben deinen Vater, du musst ihn wach halten.«

Am nächsten Sonntag in der Kirche ließ ich den Vater nicht aus den Augen. Bis zur Bibellesung blieb er wach, aber die Predigt hatte kaum begonnen, da fielen ihm auch schon die Augen zu. Ich stieß ihm den Ellenbogen fest in die Seite und zischte: »Nicht schlafen!« Er schreckte hoch und sah mich an, so voller Wut, voller vernichtender Wut, dass ich furchtbar erschrak und mir auf der Stelle vornahm, so etwas nie wieder zu tun.

Und so ging der Vater jeden Sonntag in die Kirche, um dort zu schlafen. Denn wenn man die ganze Woche bei Wind und Wetter gearbeitet hat und es dann warm ist in der Kirche …

SCHWEINEMANN

Der Vater war ein Schweinemann, Schweine zu halten war seine Lust und sein Leben. Hinter dem Haus hatten wir einen Schweinestall mit einem Reetdach. Der Boden bestand aus dicken Brettern. Es gab massenhaft Ratten. Den Ratten ging es wunderbar, sie saßen schön warm unter den Brettern und konnten vom Schweinefutter mitessen.

Abends, wenn es dunkel war, gingen Merien und ich ab und zu in den Schweinestall, ich mit einer Taschenlampe und Merien mit einem Gewehr. Wenn ich eine Ratte sah, blendete ich sie mit der Taschenlampe, sodass sie kurz innehielt und Merien anlegen und schießen konnte.

Wir hatten sieben oder acht Schweine. Es waren sehr große Schweine, manche wogen zweihundert Kilo. Im November schlachtete der Vater ein Schwein und im Februar noch eins. Die Schweine, die übrig blieben, verkaufte er.

Am Schlachttag gibt es große Aufregung. Sogar die Mutter ist ganz gegen ihre Gewohnheit früh aufgestanden. Nur Bram ist zum Dachdecken gegangen.

Das Schwein bekommt einen Strick um eine Vorderpfote und wird zum Schlachtplatz geführt, zwischen unserem Haus und der Scheune. Das Tier sträubt sich immer, als wüsste es, was es erwartet. Der Vater packt sein Messer und versetzt ihm fachmännisch den tödlichen Halsstich. Blutend und schreiend sackt das Schwein zusammen. Jetzt wird es mit Weizenstroh gebrannt, um die Borsten abzusengen. Man riecht es, man hört die Borsten knistern. Nach dem Brennen wird das Schwein mit Wasser übergossen und mit einem Messer sauber geschabt. Schön glatt ist es jetzt und etwas gelblich. Der Vater betrachtet es vergnügt. »Das muss man sich anschauen, was für ein schönes Schwein. Junge, Junge, was für ein schönes Schwein das ist!« Das Schwein liegt auf dem Bauch, die Pfoten nach außen gezogen, sodass es nicht wegrollen kann. Jetzt kann das Schlachten beginnen. Der Vater zieht seine Schlachterschürze an und nimmt einen Schnaps. Es hat etwas Feierliches. Der Vater, der nie Schnaps trinkt. Nur vor dem Schlachten trinkt er einen Schnaps, um seinen Atem zu reinigen, unsauberer Atem könnte das Fleisch verderben. Der Vater schneidet eine Scheibe von der Schnauze ab, er schneidet so, als wäre es ein Stück Kuchen, und wirft es den Katzen zu. Dann nimmt er ein großes Hackmesser, hackt dem Schwein den Kopf ab und legt ihn in einen Eimer. Nun packt er ein anderes Messer und schneidet mit einer langsamen, fließenden Bewegung das Rückgrat heraus, inklusive Schwanz. Jetzt liegt das Schwein offen da und man kann die Därme und die anderen Innereien herausholen.

Wir tragen das Rückgrat hinein und stellen es aufrecht in das Speckfass. Der Vater hebt jetzt mit seinen großen Händen alle Därme auf einmal heraus. Er steht da, die Arme voller Därme. Unter den Därmen liegt das Schweinefett. Das wird zum Steifwerden über einen Besenstiel gehängt.

Die Mutter läuft nervös mit Eimern, Schüsseln und Töpfen hin und her, der Vater hackt und schneidet, und Merien und ich tragen die Fleischstücke hinein und legen sie auf einen Tisch in der Tenne. Der Vater nimmt den Schweinekopf, legt ihn auf den Hackklotz und spaltet ihn mit einem Schlag in zwei Teile. »Hol doch mal ein Schüsselchen von deiner Mutter.« Mit seinen Fingern pult er das Gehirn heraus und legt es auf einen Teller. Wir würden es noch am selben Tag essen, gebacken oder gekocht.

Der Dünndarm wird mit einem Messer über einem Brettchen sauber geschabt. Dann wird er über die Öffnung des Fleischwolfs geschoben und mit Fleisch, Speck und Leber gefüllt. Der Vater schiebt mit seinem Daumen das Fleisch in den Fleischwolf, ich drehe. Die Würste werden zum Trocknen über einen Besenstiel gehängt, der auf zwei Stuhllehnen liegt. So können sie austropfen und fest werden. Der Vater hackt den Schweinekopf weiter in Stücke. Diese Stücke werden gekocht und später, nachdem die Knochen entfernt sind, zusammen mit einem Stück gekochten Schinken durch den Fleischwolf gedreht. Dann wird die Masse auf einem Teller schön plattgedrückt und weggestellt. Wenn sie hart und trocken geworden ist, kann man davon Scheiben abschneiden und sie zum Brot essen. Schweinskopfsülze heißt das.

Die Schinken und der Speck werden ins Speckfass gelegt, darüber kommt eine dicke Schicht Salz. Wochenlang muss es »sein Salz empfangen«, wie die Mutter es immer fast feierlich ausdrückte.

Nichts vom Schwein geht verloren. Denn von diesem Schwein müssen wir ein ganzes Jahr lang satt werden. Das Schwein, das heute früh noch grunzend durch den Stall gelaufen ist, befindet sich nun in großen Steinguttöpfen, gut gesalzen und mit einer Schicht Schweinefett bedeckt. Es hängt jetzt als Wurst über Besenstielen und wird später als Schinken von den Dachbalken herunterbaumeln.

Und abends, am Abend des Schlachttags, haben wir ein Festmahl. Dann essen wir große Stücke frischer Wurst, von der Mutter herrlich braun gebraten. Dann essen wir, bis wir vor Fett glänzen. Nur die Mutter kann es nicht lassen, zu seufzen und zu sagen, dass wir nächstes Jahr wohl nicht wieder so ein schweres Schwein haben werden. Und der Vater? Der Vater sagt nichts. Der Vater hat seine eigenen Gedanken. Das Schweineschlachten kann man dem Vater überlassen. Mein Vater ist ein Schweinemann.

DER FORD

Der Vater nahm immer öfter Aufträge an, die weit weg von zu Hause waren. Wir mussten dann Dutzende von Kilometern mit dem Fahrrad fahren, manchmal bis nach Rilland. Auf alten, klapprigen Fahrrädern, vollgeladen mit Material, fuhren wir zu einem Bauern und blieben meist über Nacht in seiner Scheune, denn jeden Tag hin- und herzufahren war unmöglich. Der Vater kam auf diesen weiten Touren nicht mit, denn die Mutter wollte nachts nicht allein sein. Er blieb dann zurück und erledigte einige Reparaturen bei Bauern in der Nähe.

Die langen Fahrradtouren waren uns immer mehr zuwider. Merien und ich überlegten manchmal, dass wir gern ein kleines Auto hätten. Merien würde es dann fahren. Wir fragten den Vater, aber der wollte nichts davon wissen. Doch wir hatten die Nase so voll vom Radfahren, dass wir immer wieder um ein Auto baten.

»Ja«, sagte der Vater, »in den nächsten Jahren kaufen wir eins, ja, in den nächsten Jahren kaufen wir ein Auto.«

Und wenn das Jahr dann vorbei war und wir fragten: »Vater, wollen wir uns jetzt nach einem Ford umschauen?«, wurde er böse und sagte: »Was meckert ihr denn die ganze Zeit. Schaut mich an, ich bin schon so alt und fahre noch mit dem Rad, und ihr wollt das nicht können, so junge Kerle?«

Und so radelten wir weiter. Die Eisenhaken und das Klopfbrett auf dem Rücken, die Reetnadel und den Saumhaken dazwischengesteckt. Ein Bündel Zweige an der Stange, den Brotsack am Lenkrad. Aus der Sache mit dem Auto wurde nie etwas.

DAS SCHMALZ

Die Mutter schmierte Butter auf ihr Brot, wir Schmalz. Das Schmalz von unseren eigenen Schweinen. Der Vater legte sechs oder sieben Speckschwarten in einer Pfanne in den eisernen Kohlenherd. Durch die Hitze tropfte das Fett heraus und übrig blieb der beste Speck. Das Fett konnte man später, wenn es fest geworden war, aufs Brot schmieren.

Ich vertrug Schmalz nicht so gut, ich bekam Schwierigkeiten mit dem Magen, aber essen musste ich es trotzdem. Dann fing ich manchmal an zu schwitzen, wenn ich bei der Arbeit die Brote aß, die der Vater in der Früh fertig gemacht hatte. In Eile geschnitten, großzügig mit Schmalz bestrichen und darüber noch eine Schicht Zucker. Ich habe mich beim Vater und bei der Mutter beklagt, aber es blieb mir nichts anderes übrig, als weiterhin Schmalz zu essen. Die gute Butter für die Mutter war schon teuer genug.

Ach ja, Speck und Schmalz hielten uns zusammen.

DAS MOTORRAD

Weil der Vater wohl nie ein Auto kaufen würde, haben Merien und ich von unserem gesparten Geld ein gebrauchtes Motorrad gekauft. Von einem Bauern in Heinkenszand hatten wir gehört, dass sein Sohn sein Motorrad verkaufen wollte. Wir haben es für fünfundachtzig Gulden gekauft. Merien und ich bezahlten je zweiundvierzigeinhalb Gulden, der Vater und Bram wollten sich nicht beteiligen. Es war ein altes Modell mit hohen Rädern, Marke Gillet, aus den Herstalwerken in Belgien. Merien schaffte den Führerschein und fuhr, ich saß auf dem Soziussitz. Wir fühlten uns wie die Könige mit unserem Motorrad. Jetzt konnten wir wenigstens abends zu einer vernünftigen Zeit nach Hause kommen. Der Vater und Bram arbeiteten fortan in der Nähe, Merien und ich erledigten die Arbeiten weit weg von zu Hause. Diese Touren auf unserem Motorrad, auf dem Sitz hinter Meriens Rücken, waren unvergessliche Erlebnisse.

Dass ich jetzt mit Merien zusammenarbeiten musste, war mir nur recht, wir kamen gut miteinander aus. Und tatsächlich, den Vater freute es allmählich auch, dass wir das Motorradfahren so genossen. »Junge, Junge«, sagte er, »was für einen Spaß euch das macht!«

KARTOFFELSCHEUNEN

Im Frühjahr des Jahres 1936 unternahm der Vater eine Reise nach Rotterdam, um in einem Hotel Geschäfte mit einem Bauern vom Amsterdamer IJ-Polder zu machen. Er nahm dort einen großen Auftrag für viel zu wenig Geld an, eine Arbeit, die ihn völlig überforderte. War es, weil er während der Verhandlungen mit dem Bauern zwei Schnäpse getrunken hatte? Der Vater, der nie trank, nur zweimal im Jahr den einen Schnaps vor dem Schlachten? Dieser Amsterdamer Bauer wollte, dass der Vater drei große Kartoffelscheunen baute. Frostsichere Kartoffelscheunen, denn damals konnte es ziemlich kalt werden. Von einem Kaufmann hatte der Bauer gehört, dass der Vater in Krabbendijke mal eine Kartoffelhalle gebaut hatte. Aber die war viel kleiner und einfacher als die, die dem Amsterdamer Bauern vorschwebte. Was wollte dieser Bauer? Er wollte drei Kartoffelscheunen, vierzehn Meter lang und drei Meter breit, mit einem Dach, das fast bis zum Boden reichte.

Zunächst sollten sechzehn schwere Pfosten tief in den Boden gerammt werden. Diese Pfosten bildeten den Umriss der Scheune. Die Räume zwischen den Pfosten sollten wir mit gepressten Strohballen auffüllen. So würden die Wände der Scheune entstehen. Dann würde ein Zimmermann kommen, um das Dachgebälk aufzusetzen. Das Dachdecken war dann wieder unsere Aufgabe. Das Dach war etwas ganz Besonderes. Es sollte aus drei Schichten bestehen. Zuerst eine Schicht Stroh, darüber eine Schicht Asphalt und zum Schluss sollten wir es mit einem dreißig Zentimeter dicken Reetdach decken. So wollte der Bauer seine Kartoffelscheunen haben. So hatte der Vater es mit dem Bauern abgesprochen.

»Wie viel wird mich das kosten?«, hatte der Bauer den Vater gefragt, dort in dem Rotterdamer Hotel. Kam es, weil der Vater so weit von zu Hause weg war, oder waren es doch die zwei Schnäpse? Er nannte einen lächerlich niedrigen Betrag. Er machte keine richtigen Absprachen, er fand alles prima. »Ja, der Herr, natürlich, der Herr, kommt in Ordnung, der Herr.«

So geschah es, dass wir an einem Montagmorgen im Juli zu viert auf dem Amsterdamer IJ-Polder standen. Der Vater, Bram, Merien und ich. Wir waren noch nie so weit von zu Hause weg gewesen. Mit dem Zug waren wir nach Amsterdam gefahren, der Bauer hatte uns vom Bahnhof abgeholt. Unser Werkzeug hatten wir schon mit einem Boten vorausgeschickt.

Der Vater hatte es so organisiert, dass nachts eine Nichte bei der Mutter schlafen würde, sodass sie nicht allein war.

Kaum waren wir da, fing das Pech schon an. Schilfrohr und Material sollten mit einem Schiff aus dem Biesbosch hergebracht werden, aber der Schiffer hatte dem Bauern ein Telegramm geschickt, sein Motor war verreckt und er musste nach Dordrecht zurückgeschleppt werden. Da standen wir also. Wir konnten nichts tun, als zu warten. Warten, ohne arbeiten zu können. Der Vater wurde immer nervöser. Ihm wurde klar, dass seine Rechnung völlig falsch war.

Drei Tage später kam das Schiff dann doch noch. Wir konnten anfangen.

Die schweren Pfosten waren viel zu lang, das sahen wir sofort. Wir konnten wählen, entweder ein Stück absägen oder tiefere Löcher graben. Das Graben war absolut unmöglich. Sobald man etwas tiefer grub, wurde der Boden steinhart, wie getrockneter Lehm. Also mussten wir sägen. Aber der Vater hatte nur zwei Sägen mitgeschickt und die waren stumpf. Welche Armut, welches Elend. Und das bei einer mörderischen Hitze. Ich habe mich innerhalb einer Woche buchstäblich mager gearbeitet.

Der Bauer beobachtete uns ständig. Nach tagelanger Arbeit hatten wir die sechzehn Pfosten in die Erde gesetzt und angefangen, die Zwischenräume mit Strohballen auszustopfen. Manchmal entdeckte der Bauer eine Lücke zwischen zwei Strohballen, dann rief er den Vater herbei. »Nennst du das dicht?«, sagte er und steckte seinen Arm durch die Lücke. »Es kommt in Ordnung, der Herr, es kommt in Ordnung«, sagte der Vater dann und stopfte etwas Stroh in die Lücke.

Als wir am Dach arbeiteten, war der Vater so nervös geworden, dass er anfangen wollte zu pfuschen. »Leg das Stroh einfach lose drauf«, sagte er, »es kommt sowieso noch eine Schicht Asphalt drauf.« Das konnten wir ihm ausreden. Der Vater war nicht mehr er selbst.

Nach anderthalb Wochen hatten wir die erste Scheune fertig.

Wir schliefen in einer kleinen Scheune zwischen Kartoffelsäcken und leeren Kisten. Es gab auch eine Ratte, und zwar eine große. Sie wühlte zwischen den Kisten und nachts kam sie so nahe, dass wir Angst hatten, sie würde anfangen, unsere Ohren anzunagen. Wir haben ihr eine Falle gestellt und haben sie so gefangen. Sie war riesig, ich hatte noch nie so eine große Ratte gesehen. Zwei Tage später fanden wir ein Nest mit toten jungen Ratten.

Kaum hatten wir mit der zweiten Scheune angefangen, als der Bauer aufgeregt angelaufen kam. »Kommt«, sagte er, »meine Kartoffelscheune steht ganz schief!« Wir gingen hin und sahen, dass er recht hatte. Wegen des

Dauerregens waren die Balken instabil geworden und die Scheune hatte sich zur Seite gesenkt. »Dafür bezahle ich nicht«, sagte der Bauer, »für eine Kartoffelscheune, die schief hängt.« Daraufhin fuhr Bram nach Zaandijk und mietete eine Seilwinde. Wir haben dann ein paar Pfähle in den Boden gerammt und mit der Seilwinde die Scheune ganz langsam gerade gezogen. Um zu vermeiden, dass sie sich wieder neigte, haben wir die Seiten mit Lehm abgestützt. Alles in allem waren wir drei Tage damit beschäftigt.

Der Vater bekam Probleme mit dem Magen. Er sah ganz grau aus vor Elend.

Warme Mahlzeiten gab es nicht. Wir aßen jeden Tag Brot mit Käse oder Speck, das kauften wir auf dem Markt in Zaandijk. Am Sonntag bekamen wir von der Bäuerin Suppe. Kaffee holte der Vater jeden Morgen bei der Bäuerin, mit einem Kännchen Milch. Aber wir bekamen immer weniger Milch. Ich sagte noch zu Merien: »Wieso wird die Milch immer weniger, die Bäuerin gibt uns immer weniger Milch!« Später sind wir dahintergekommen, dass der Vater auf dem Weg schon von der Milch trank. Weil er Schwierigkeiten mit dem Magen hatte.

Wir arbeiteten wie die Verrückten, wir wollten die Scheunen so schnell wie möglich fertig bekommen, dann würden wir nach Hause fahren können.

Der Bauer sagte einmal zu mir: »Jan, Junge, schick

deinen Vater doch nach Hause, der Mann ist krank, das sieht man doch, was soll das noch werden, Junge. Schick deinen Vater nach Hause!« Wir haben den Vater dann so weit bekommen, dass er nach Hause gefahren ist. Der Bauer hat ihn mit dem Auto zum Zug gebracht.

Es war sechs Tage später. Wir arbeiteten gerade am Dach der dritten Scheune, als ein Telegramm kam. Ein Telegramm vom Vater. »Jan und Merien nach Hause kommen.«

Merien und ich sind mit dem Zug nach Hause gefahren. Bram ist dageblieben, um die letzte Scheune fertig zu machen.

August 1994

Vater sitzt in seinem bequemen Stuhl am Fenster. Über seinem Kopf hängt ein kleines Mikrofon, das ich an einer Schreibtischlampe festgemacht habe. Ich stelle Vater Fragen über früher, ich möchte etwas festhalten von diesem primitiven Reetdachdeckerleben. Jetzt, wo es noch möglich ist. Seine Gesundheit lässt nach, er wird immer kurzatmiger. Vater arbeitet gut mit, wenn es ihm reicht oder er müde wird, sagt er: »Jetzt reicht's aber«, und dann hören wir auf.

Wir kommen gut voran, wir machen das schon seit einigen Wochen. Mutter hat Tee gekocht und läuft noch ein bisschen herum. Sie hält sich zurück, nur selten fügt sie etwas hinzu, wenn sie meint, Vater hätte etwas vergessen zu erwähnen.

Vater erzählt von den frostfreien Kartoffelscheunen auf dem Amsterdamer IJ-Polder. »Wir waren noch nie so weit von zu Hause weg gewesen«, sagt er. »Und wir hatten Pech. Der Vater war schon nach Hause gefahren, er war krank geworden, es waren die Nerven. Wir arbeiteten an der letzten Kartoffelscheune, als dieses Telegramm kam. Ein Telegramm vom Vater. ›Jan und Merien nach Hause kommen.‹ Merien und ich sind dann nach Hause gefahren, Bram blieb zurück, um die Arbeit fertig zu machen.«

Er hält einen Moment inne.

»Und dann, Vater, was ist dann passiert?«

Vater sagt nichts. Er möchte etwas sagen, schüttelt dann aber niedergeschlagen den Kopf. Macht eine wegwerfende Handbewegung.

»Hör auf«, sagt er, »hör auf damit.«

Und dann wird er still.

»Das weißt du doch«, sagt Mutter, »dann ist doch dieser schreckliche Unfall passiert. Der Unfall mit Merien.«

Zweiter Teil

ONKEL MERIEN

Die Sache mit Onkel Merien. Dieser Unfall. Er hat Vater nie mehr losgelassen. Mutloses Kopfschütteln, Seufzer.

»Er denkt wieder an Merien«, sagte Mutter dann. Wir, die Kinder, haben mit Vater nie über Meriens Unfall gesprochen. Wir hüteten uns davor, diesen Erwachsenen-Kummer anzurühren. Was wir vom Unfall wussten, wussten wir von Mutter. Vater konnte nicht darüber sprechen.

Was war passiert? Opa, gerade zurück von diesem verfluchten Polder, hatte einen schönen Auftrag in Rilland angenommen. Dort sollte ein großes neues Bauernhaus ein Reetdach bekommen. Der Bauer hatte es eilig, wurde ungeduldig. »Wenn ihr nicht bald damit anfangt«, sagte er zu Opa, »lasse ich einen Reetdachdecker aus Brabant kommen.« Aber Vater, Onkel Bram und Onkel Merien arbeiteten noch an den frostfreien Kartoffelscheunen. Opa brauchte nicht lange zu überlegen. »Jan und Merien nach Hause kommen«, telegrafierte er nach Amsterdam.

Gut gelaunt waren Vater und Onkel Merien an jenem Samstagmorgen im Juli von ihrem Elternhaus aus losgefahren, nach Rilland. Onkel Merien hatte gerade seinen Führerschein bekommen und fuhr, Vater saß auf dem Soziussitz. Sie waren so stolz auf ihr neu erworbenes gebrauchtes Gillet-Motorrad. Wie viel schneller ging es doch voran als mit dem Fahrrad! Sie waren schon kurz vor Rilland und näherten sich einer Kreuzung. Onkel Merien fuhr so langsam auf die Kreuzung zu, dass der Motor anfing zu spucken und abzusaufen drohte. »Los, gib Gas!«, rief Vater hinter Onkel Meriens Rücken. »Los, gib Gas!« Um zu verhindern, dass der Motor ausging. Onkel Merien gab Gas und wurde von einem Auto erfasst, das von rechts kam. »Los, gib Gas!« Diese drei Worte. Sie würden Vater für den Rest seines Lebens verfolgen. Ein Schuldgefühl, das ihn nie mehr verlassen würde.

Onkel Merien wurde ins Krankenhaus gebracht, er hatte das Schienbein gebrochen. Vater tat der Fuß weh, er hatte ein paar Schürfwunden und konnte gleich wieder nach Hause. Dem Autofahrer fehlte nichts.

Opa fuhr noch am selben Nachmittag nach Goes ins Krankenhaus. Er nahm eine Tüte Äpfel mit. Als er zurückkam, hatte er gute Nachrichten, Merien hatte gleich in einen Apfel gebissen. Aber Tante Siene, die ihn abends besucht hatte, kam mit einer ganz anderen Geschichte zurück. Merien war unruhig gewesen, durcheinander. Kurze Zeit später kam der Dorfbote an die Tür. Das Krankenhaus hatte angerufen, sie sollten sofort kommen. Mit einem Taxi von der Autowerkstatt in Nieuwdorp ließen sich Opa, Oma und Vater zum Krankenhaus fahren. Sie fanden Onkel Merien ohne Besinnung vor. Er war unruhig, schnarchte. Manchmal redete er wirres Zeug. Der Arzt kam und sagte, es handle sich um eine Fettembolie. Durch den Knochenbruch war Fett aus dem Knochenmark in die Blutbahn geraten.

»Sie bleiben besser hier«, hatte der Doktor gesagt.

Endlos lange Stunden des Wartens.

Onkel Merien starb frühmorgens. Am Sonntag, dem 29. Juli 1936. Er war 28 Jahre alt.

OPA

Ich kann mich noch erinnern, wie Opa aussah, aber er ist für mich ein starres Bild geblieben. Ein großer, grober, mürrisch dreinblickender Mann.

Ich kann mit seiner Erscheinung keine Situationen verbinden. Ich war noch zu klein.

Nach Onkel Meriens Unfall war Opa noch schweigsamer geworden. Unwirsch, verbittert, in sich gekehrt. Er sprach nie über das, was passiert war. Über den Unfall, über das Motorrad, gegen dessen Anschaffung er sich so lange gewehrt hatte und das am Ende den Tod in die Familie gebracht hatte. Er fing an, noch schwerer zu arbeiten, als er es sowieso schon getan hatte. Reetdachdecken, Rohrdachdecken, Schweine schlachten, arbeiten bis zum Umfallen. Er war ausgebrannt. Er wollte seinen Kummer wegarbeiten. Er wurde noch sparsamer, fast geizig. Kämpfte gegen das Gespenst an, alt und arm enden zu müssen.

Mein ältester Bruder hat mehr Erinnerungen an Opa.

Er erzählte mir, dass Opa ihn regelmäßig bat, das Lied nach Psalm 81, Vers 11 für ihn zu singen. *Tue deinen Mund weit auf, lass mich ihn füllen.* Wenn mein Bruder gesungen hatte, so gut er konnte, holte Opa eine Münze aus der Tiefe seiner Hosentasche. »Danke«, sagte mein Bruder dann, woraufhin Opa böse fragte: »Danke, Schwein?« Und dann beeilte sich mein Bruder zu sagen: »Danke, Opa.«

In einem alten Fotoalbum von Mutter fand ich ein kleines Bild, das ich aufmerksam betrachtete. Oma und Opa sind darauf zu sehen, zusammen mit meinem um ein Jahr älteren Bruder und mir. Oma und Opa sitzen auf der Türschwelle ihres Hauses. Oma schaut direkt in die Kamera. Sie trägt offenbar ihre Sonntagstracht. An beiden Seiten ihres Gesichts prunken die kleinen Kopfeisen wie goldene Rückspiegel. Opa ist schwarz gekleidet und hat eine Kappe auf. Mein Bruder sitzt zwischen Oma und Opa. Ich stehe zwischen Opas Knien. Ich nehme an, dass ich etwa vier Jahre alt war. Beim Betrachten des Fotos fallen Opas große Hände auf. Sie ruhen auf seinen Knien. Sie sehen wie Gartenwerkzeuge aus, wie Schaufeln. Auf dem Foto ist jede Hand von ihm größer als mein Kopf. Sein gegerbtes Gesicht ist wie versteinert. Obwohl … Täusche ich mich? Oder versucht er zu lächeln? Es wird bei einem Versuch geblieben sein. Zum Glück. Ein Lachen hätte sein Gesicht zerrissen.

1952, ein Jahr vor seinem Tod, bekam Opa einen Schlaganfall. Damals war er siebenundsiebzig Jahre alt. Erst sah es schlimm aus, aber er erholte sich. Er ist mit seinem bis auf die Knochen abgemagerten Körper sogar noch einmal nach Middelburg geradelt, um bei der Amsterdamse Bank die Coupons seiner Schuldbriefe abzutrennen. Kurze Zeit später bekam er jedoch einen weiteren Schlaganfall. Nach einigen Tagen im Krankenbett ist er dann zu Hause gestorben. Im Wohnzimmer, in einem schmalen Bett. Es war an einem Nachmittag im November. Oma lag im Alkoven, denn ihr war es *nicht gut.* Vater saß an Opas Bett. Er ging zum Alkoven und sagte: »Mutter, der Vater ist gestorben.« Oma sagte: »Dann werde ich wohl aufstehen.«

OMA

Onkel Merien war tödlich verunglückt, Opa war gestorben und Onkel Bram und Vater hatten geheiratet und waren ausgezogen. Oma war jetzt allein. Niemand hatte erwartet, dass sie Opa überleben und alt werden würde. Sie war ja kränklich. Stöhnend und klagend war sie durchs Leben gegangen und hatte ihren geplagten Körper den Ärzten präsentiert, bis diese sich erschöpft zurückzogen. Als sie fünfzig Jahre alt war, hatte sie beim Strümpfestricken geseufzt: »Diese Strümpfe werden meine letzten sein, ich werde sie nicht auftragen.«

Opa, Onkel Bram, Onkel Merien und Vater hatten immer die niederdrückende Sorge gehabt: Der Mutter ist es nicht gut, die Mutter ist kränklich, die Mutter wird nicht alt werden. Sie litten sogar unter einer unbestimmten Art Schuldgefühl. Denn womit hatten sie es verdient, so gesund zu sein, während ihre Frau und Mutter derart leiden musste?

Während Opa nach Onkel Meriens Tod noch störrischer und stiller geworden war, hatten Omas Klagen zugenommen. Sie schleppte ihren Körper wie eine Last mit sich herum, lag tagsüber viel im Alkoven, und alle, die sie besuchten, mussten sich anhören: Mir ist es nicht gut, mir ist es gar nicht gut. Ihr Kopf, ihr Rücken. Ein allgemeines Unwohlsein. Es wurde immer schlimmer. Die Flaschen mit Medizin, egal welche Farbe sie hatten, halfen nichts.

War es wegen der getrennten Töpfe, der Rindfleischsoße, dem größten Ei, dass Oma einfach weiterlebte? Oder lag es daran, dass sie süchtig nach Klagen war und deshalb das Leben nicht loslassen wollte? Oma war schon neunundachtzig Jahre alt, klein und krumm und lebte immer noch in ihrem Häuschen an der einsamen Kreuzung. Vater schaute morgens vor der Arbeit immer kurz bei ihr vorbei und abends, auf dem Rückweg, noch einmal. Im Winter machte er den Kohlenofen an, und bevor sie ins Bett ging, brachte er noch eine Wärmflasche vorbei. Im Winter des Jahres 1963 schien das Ende ihres Lebens dann doch nah zu sein. Sie war verwirrt, wusste nichts, wusste weder, wie viel Uhr es war, noch welcher Tag, und strickte auch am Sonntag, was sie sonst nie getan hatte. Sie vernachlässigte sich und verkümmerte, aß kaum noch und ließ den Ofen ausgehen, sodass sie sich neben dem kalten Ofen verkühlte.

Es war Mutter, die sagte: »So geht es nicht länger, sie soll zu uns ziehen, ins Hinterzimmer, lange wird es sowieso nicht mehr dauern.« In unserem Hinterzimmer begann Oma ein zweites Leben.

Mutter hatte das Zimmer mit Möbeln aus Omas Haus eingerichtet, Oma merkte nicht einmal, dass sie nicht mehr zu Hause wohnte. Sie fing wieder an, besser zu essen, mühelos schlang sie mit ihrem zahnlosen Mund große Mengen Essen in sich hinein. Ihre zahnlosen Kiefer schafften alles. Nur selten zog sie demonstrativ eine harte Brotrinde aus dem Mund und legte sie neben ihren Teller. Ihre seeländische Tracht wurde von Mutter der Bequemlichkeit halber nach und nach etwas vereinfacht. Ihre Mieder verschwanden, dafür bekam sie eine graue Strickjacke. Sie behielt ihre langen Röcke, aber die große Haube verschwand, sie behielt nur die kleine Haube, die Untermütze. Zum Glück. Hätte man Oma die kleine Haube weggenommen, wäre das ihr baldiges Ende gewesen. Seit ihrer Geburt war sie nie ohne Kopfbedeckung gewesen. Sogar nachts trug sie eine Schlafmütze.

Wir, die Kinder, waren froh, dass Oma da war. Meine jüngere Schwester und ich gingen oft zu ihr. Wir machten dort unsere Hausaufgaben, lagen auf ihrem Bett und hörten uns ihre Geschichten von früher an. Und Oma erholte sich. Das Leben um sie herum tat ihr gut. Sie veränderte sich. Ihre melancholische Hypochondrie verwandelte sich in eine Art fröhlicher Demenz. Ihre Klagen machten einem Kichern Platz.

In Omas Zimmer war immer Sonne. Es gab dort eine

zeitlose, friedvolle, sorgenfreie Atmosphäre. In ihrem bequemen Stuhl sitzend, die Brille auf der Nasenspitze, die Füße auf dem Elektrostövchen, verbrachte sie den ganzen Tag mit Stricken, Lesen und Dösen. Dabei hatte sie ihr großes rotes Bauerntaschentuch in der Hand oder in Reichweite. Das Taschentuch schien im Laufe der Zeit immer größer zu werden, aber das täuschte, es war Oma, die immer kleiner wurde. Nach der Schule erzählten wir Oma, was wir erlebt hatten, auch wenn wir wussten, dass sie alles gleich wieder vergessen würde. Sie hörte sich begierig unsere Geschichten an, die wir immer etwas übertrieben, und wir genossen ihre Äußerungen des Entsetzens oder des Tadels. »Das gibt's doch nicht, das ist doch gemein, ach, du Armes, sei still, sei still!« Sie strickte mit einem Eifer, als würde sie sich damit den Himmel verdienen. Ihr ständiges Stricken unterbrach sie nur, um sich mit der langen Stricknadel zwischen Kleidung und Haut am Rücken zu kratzen. Das konnte sie sehr gut. Oma strickte Socken für die ganze Familie, aber manchmal strickte sie zwei Fersen in eine Socke oder eine seltsame Spitze am großen Zeh und weil wir normale Füße hatten, konnten wir mit solchen Strümpfen nichts anfangen. Mutter ließ Oma daraufhin Topflappen stricken. Große Topflappen. Oma strickte massenweise Topflappen, sie strickte so viele Topflappen, dass Mutter sie auftrennte und ihr die Baumwolle als Knäuel wieder hinlegte.

Wenn sie nicht strickte, las sie, meistens laut. Ein Buch

reichte ihr, denn das, was sie las, hatte sie sofort wieder vergessen. Sie konnte stundenlang eine Postkarte lesen. Zuerst las sie die Vorderseite, dann die Rückseite und wieder die Vorderseite, die Rückseite, alles war immer neu für sie.

Wir genossen Omas Anwesenheit. Manchmal musste ich sie einfach ein bisschen necken oder aufziehen. Dann setzte ich Vaters Sonntagshut auf, klopfte an ihre Tür und sagte: »Guten Tag, Frau Spruit, ich bin der Pfarrer.« Am Königinnentag setzten wir Oma ins Wohnzimmer vor den Fernseher. Königin Juliana winkte und Oma winkte zurück. Mit Oma konnte man lachen. Und sie war immer da.

Oma war wie ein Haustier. Schnurren tat sie zwar nicht, aber viel hätte nicht gefehlt.

Manchmal sah Oma Ratten. Große Ratten. »Schaut«, sagte sie dann, »da ist wieder eine Ratte, eine große Ratte.« Wir schauten, sahen aber keine Ratte. »Schaut, schaut, da läuft schon wieder eine Ratte.«

Manchmal sah sie draußen einen Mann stehen. Und dieser Mann blieb dort einfach. Ein »Kerl«. »Seht doch, da steht der Kerl immer noch.« Wir widersprachen ihr nicht. Auch wenn sie, meist gegen Abend, nach ihrer Mutter suchte, ließen wir sie gewähren. Schwieriger wurde es, als sie nachts anfing zu rufen. »Jaan, Jaan, Jaaan!« Dann wussten wir nicht, ob sie ihren Mann rief oder ihren Sohn, Opa und Vater hießen beide Jan. Ihr ständiges Rufen mitten in der Nacht weckte uns auf. Vater ging dann hinunter, wütend auf Oma, die meist nur verwundert fragte, was er denn wolle. Mitten in der Nacht. Eine halbe Stunde später fing sie wieder an. »Jaaan, Jaaan, Jaaan!« Es nervte meine Schwester und mich, aber wir wollten uns nicht beklagen, schließlich war es ja Oma. Aber Oma brachte nachts immer öfter alles durcheinander. Sie schlüpfte in ihre Kleider, zog ihr Bett ab, suchte nach ihrer Mutter, lief in den Gang und rief unten an der Treppe: »Jaaan, Jaaan, Jaaan! Jaaan, wo bist du?«

Als Oma in ein Altenheim für Demenzkranke in Middelburg aufgenommen wurde, war sie vierundneunzig. Fünf Jahre lang hatte sie in unserem Hinterzimmer gewohnt.

Eine Woche später besuchte ich sie. Oma war nicht mehr Oma. Sie erkannte mich nicht und war vollkommen verwirrt. Von ihrer seeländischen Tracht war nun nichts mehr übrig. Zum Glück hatten sie in diesem verfluchten Heim noch genug Verstand, ihr die kleine Haube auf dem Kopf zu lassen. Ansonsten trug sie normale Kleidung.

Eine Woche später besuchte ich sie wieder. Mit Blei in den Schuhen, mit Angst vor dem, was ich antreffen würde.

Oma saß aufrecht im Bett, ihre Hände umklammerten die Schutzgitter auf beiden Seiten, als säße sie auf einem Schiff, das jeden Moment untergehen könnte. Ihr Gesicht war rot, sie hatte Fieber.

Es war zehn Tage später. Ich war nach Rotterdam umgezogen, wo ich meinte, den Beruf eines Pflegers erlernen zu müssen. Ich lief in meinem ungewohnten weißen Kittel durch die urologische Abteilung des Gemeindekrankenhauses. Es war Abend. »Herr Spruit, Telefon für Sie.« Es war Mutter. »Oma ist gestorben.«

Oma ist gestorben.
Oma ist gestorben.
Oma ist gestorben.

ONKEL BRAM

Onkel Bram, klein und drahtig, mager von der harten Arbeit, war zu einem Fachmann geworden, der seinesgleichen suchte. Vor allem an schwierigen Ecken und Windungen lieferte er unnachahmliche Beispiele der Reetdachdeckerarbeit. Aber Onkel Bram hatte *fliegende Kenntnisse*, wie Opa es früher einmal genannt hatte. Zuweilen erzählte er die seltsamsten Sachen, über die er dann selbst so lachen musste, dass ihm die Tränen aus den Augen liefen. Vater ärgerte sich darüber und sagte dann: »Junge, mach dich doch nicht so zum Narren!« Für Onkel Bram war das Grund genug, sich noch mehr anzustrengen. Onkel Bram verstand es, Vater zu necken, zu ärgern. Lag es daran, dass Onkel Bram neidisch war, dass Vater Töchter und Söhne hatte und Onkel Bram nur Töchter?

In den Schulferien begleiteten ihn meine Brüder und ich oft, um beim Dachdecken zu helfen. Ich mochte Onkel Bram und musste oft lachen, wenn er sich so seltsam benahm. Auf der Fähre von Noord-Beveland nach Schouwen-Duiveland habe ich einmal erlebt, wie Onkel Bram mit seinen Späßen und Faxen eine ganze Gruppe Arbeiter unterhielt, wie ein waschechter Kabarettist. Sie standen im Kreis um ihn herum. Vater genierte sich deshalb und hielt sich ein wenig abseits, trotzdem konnte er es nicht lassen, Onkel Bram zuzurufen: »Junge, mach dich doch nicht so zum Narren!« Sofort fing Onkel Bram an, Vater in seinen Auftritt einzubeziehen und auf seine Kosten Witze zu machen.

Vater und Bram verstanden sich nicht besonders gut, mussten aber zusammenarbeiten. Schließlich waren sie beide nach Opas und Onkel Meriens Tod die Firma Gebr. Spruit, Reetdachdeckerei in Nieuwdorp. Sie waren auf Gedeih und Verderb aufeinander angewiesen.

Gegen Ende seines arbeitsamen Lebens fing Onkel Bram an, unter ernsten Stimmungsschwankungen zu leiden. Monatelang war er ausgelassen, getrieben und hemmungslos, dann geriet er in eine Periode tiefer Niedergeschlagenheit. Diese Stimmungsschwankungen wurden intensiver und folgten einander in immer kürzeren Abständen. In seinen depressiven Phasen saß er zusammengekauert da, blass, mit ineinandergelegten Händen. Er sprach fast nicht und beantwortete Fragen höchstens mit kaum vernehmbarer Stimme. Er ging zwar mit Vater zusammen zum Dachdecken, sah aber aus wie ein lebendiger Leichnam. »Er tut sein Bestes«, sagte Vater, »aber es gelingt ihm nichts. Es ist, als hätte ich heute einen toten Fisch mitgenommen.«

Dann wieder konnte es passieren, dass er morgens um fünf laut bei uns an die Tür klopfte, um Vater zu wecken. Schließlich wartete ja die Arbeit! Das war dann der Beginn einer monatelangen manischen Periode. Treppen stieg er nicht mehr langsam hinauf, sondern er rannte. Oben angelangt, rannte er sofort wieder hinunter, weil er unten jemanden stehen sah, dem er etwas erzählen wollte. Er sprach alle Leute an, gönnte sich keine Zeit zum Essen und war so chaotisch und getrieben, dass er trotz seiner überbordenden Energie mit der Arbeit kaum vorankam. Er litt an einem Zuviel an Arbeitslust, es konnte geschehen, dass er, weil er seinem Wecker nicht traute, mitten in der Nacht ins Dorf radelte, um auf der Turmuhr nachzuschauen, wie spät es war. War es wirklich noch nicht Zeit, aufzustehen und arbeiten zu gehen?

Onkel Bram wurde in ein Krankenhaus eingewiesen, wo er monatelang gepflegt wurde. Als er entlassen wurde, war er geheilt, aber Onkel Bram war nicht mehr er selbst. Das Feuer war weg, die Seele und die Begeisterung waren ihm verloren gegangen. Mit seiner Arbeitskraft war es nicht mehr weit her, er quälte sich bis zur Rente weiter und zog dann mit seiner Frau in ein Altersheim.

Sein Leben lang hatte Onkel Bram Tabak gekaut und dieser Angewohnheit blieb er auch im Altersheim treu.

Seine ausgekauten Prieme legte er immer irgendwohin. Auf der Fensterbank, auf einer Stuhllehne, auf jedem für Onkel Bram leicht erreichbaren Platz konnte man auf einen ausgekauten Priem stoßen. Die Heimleiterin war nicht gerade glücklich darüber. Onkel Bram schaffte es nicht, seine Angewohnheit aufzugeben, und wurde daher zum Opfer seiner eigenen Prieme, denn die Heimleiterin war der Meinung, Ordnung und Sauberkeit in ihrem Heim seien wichtiger als Onkel Brams Wohlbefinden. Er wurde in ein Heim für geistig behinderte Senioren überstellt. Ich besuchte ihn dort regelmäßig. Nie, ohne ein Päckchen Rode-Ster-Priemtabak mitzubringen.

Im November 1990 erfuhr ich, dass der Zustand von Onkel Bram, inzwischen achtundachtzig Jahre alt, sich rasch verschlechterte. Ich besuchte ihn und fand ihn in einem komaähnlichen Zustand vor. Ich redete mit ihm, aber er antwortete nicht. Dennoch hatte ich das Gefühl, dass er mich hörte und verstand. Ich nahm seine Hand in meine. Seine harten Reetdachdeckerhände, die früher wie die Hände meines Vaters eher Tierpranken geglichen hatten, waren zart und weich geworden.

Ich war zu spät gekommen und nahm es mir übel. »Ich hätte eher kommen sollen«, sagte ich seufzend zu einer Schwester, die das Krankenzimmer betrat. »Warum haben Sie es denn dann nicht gemacht?«, fragte sie mitleidlos. Am Tag nach meinem Besuch starb Onkel Bram. Er wurde auf dem Friedhof in Nieuwdorp beerdigt, wo auch Onkel Merien, Opa und Oma ihre letzte Ruhestätte gefunden hatten. Mein Onkel Bram, der herausragende Reetdachdecker, manchmal mit *fliegenden Kenntnissen*, war nicht mehr.

FROSTGÄNSE

Ich bin acht Jahre alt und die langen Unterhosen von Vater hängen steif gefroren an der Leine, Mutter hat nicht wissen können, dass es so plötzlich Frost geben würde.

Vater verstaut Schilfrohr in der hundert Meter entfernten Rohrscheune. Das Schilfrohr hat er zusammen mit Onkel Bram in einem Priel unten am Bahndamm bei Arnemuiden geschnitten. In großen, groben Bündeln wurde es nach Hause transportiert, und jetzt ist Vater damit beschäftigt, schöne, kleine makellose Bündel zusammenzustellen. So legt er einen Vorrat an, aus dem er ein ganzes Jahr lang schöpft.

Ich kann es nicht lassen, versuche vorsichtig, ein Bein von Vaters langer Unterhose zu knicken, aber Mutter sieht es. »Nein, lass das«, ruft sie, »du machst sie kaputt!« Sie nimmt die Wäsche von der Leine, legt die langen Unterhosen aufeinander und nimmt sie unter dem Arm mit ins Haus.

Da kommt Vater angeradelt. Bevor er hineingeht, betrachtet er lange Zeit den Himmel, er scheint zufrieden mit dem plötzlich eingetretenen Frost. In der Ferne fliegt hoch am Himmel eine Gruppe von Gänsen in einem großen V. Wenn man genau hinhört, vernimmt man ihr Schnattern.

»Frostgänse«, sagt Vater. »Der Frost wird wohl noch eine Weile anhalten.« Vater freut sich darüber. Dann kann er über das Eis laufen und versinkt nicht mehr im Schlamm, das macht das Schilfrohrschneiden wesentlich leichter.

Vater geht ins Haus, ich schaue noch einmal zum Himmel. In der Ferne, noch sehr weit weg, sehe ich wieder Gänse heranfliegen und alle fliegen in einem V.

»Rinus! Essen!«, höre ich Mutter rufen. Ich gehe hinein. Vater sitzt schon mit gefalteten Händen vor seinem Teller, er will beten, denn er hat Hunger. Während Vater das Vaterunser über unsere Teller hinweg spricht, denke ich an die Gänse und daran, wie klug mein Vater doch ist.

ZU GESCHEIT ZUM REETDACHDECKEN

»Die jungen Reetdachdecker!«, »Deine Nachfolger!«, sagten die Bauern lachend zu Vater, wenn meine Brüder und ich als Kinder mitgehen durften zum Dachdecken und Vater halfen, die Schilfrohre nach oben zu schleppen. Dann strahlte Vater vor Stolz. Aber als wir in die letzte Klasse der Volksschule gingen, wurde klar, dass aus dem Reetdachdecken nicht viel werden würde. Wir sollten etwas Richtiges lernen, darin lag die Zukunft. Wir waren zu gescheit zum Reetdachdecken. Onkel Bram musste Vater natürlich damit necken. Wenn Vater mit einer schwierigen Arbeit beschäftigt war, sagte er: »Du hast nicht viel von deinen Kindern.« Solche Sprüche bedrückten Vater. Wenn er nach einem langen Arbeitstag abends nach Hause kam und mit dem Fahrrad am Küchenfenster vorbeifuhr, schaute er mit einem mürrischen, vorwurfsvollen Blick herein. Er arbeitete allein, musste ganz allein das Geld für eine große Familie verdienen. Ob wir wüssten, was

Arbeiten hieß? Und wenn er dann, dunkel vom Staub und mit einem missvergnügten Blick in die Küche kam, verstand Mutter seine Wut und sein Selbstmitleid. Dann füllte sie eine Schüssel mit angenehm warmem Wasser und fing an, Vater zu waschen. Dabei erzählte sie von den guten Noten, die wir aus der Schule mitbrachten, und dass der Doktor und der Pfarrer auch gesagt hatten, es wäre schade, wenn wir nicht weiterlernen dürften. Und wenn Vater dann eine Spur hellhäutiger geworden war, wurde er auch etwas milder. Und wenn er kurze Zeit später vor einem Teller mit warmem Essen saß und seine Gabel über den Teller tanzen ließ, um sie dann voll beladen zu seinem Mund zu führen, konnte er wieder lachen und erzählen, was er tagsüber erlebt hatte. Geschichten von guten und von schlechten Bauern. Gute Bauern waren solche, bei denen man Kaffee bekam, schlechte Bauern jene, die einen nicht aus den Augen ließen und dauernd fragten, ob die Arbeit morgen fertig sei, während sie doch noch mindestens eine Woche dauern würde. An diesem Tag hatte er bei einem guten Bauern gearbeitet, er hatte in der Küche Kaffee trinken dürfen und die Bäuerin hatte sogar Pfannkuchen gebacken. Vater hatte sich vor einen Teller gesetzt, auf dem ein großer Pfannkuchen lag, seine Mütze ins Gesicht gezogen und still gebetet. »Ich dachte, am besten bete ich lange«, sagte Vater, »sie waren so verdammt reformiert.« Als er seine Mütze wieder hochschob und die Augen aufmachte, war der Pfannkuchen verschwunden. Es war der Stuhl der Magd, auf den er sich gesetzt hatte. Reetdachdecker bekamen keine Pfannkuchen.

DIE TRINKFLASCHE

Obwohl ich kein Reetdachdecker werden würde, wollte ich trotzdem das Handwerk erlernen, ich wollte Reetdächer decken können. Ich versuchte, bei Vater und Onkel Bram die Handwerkskunst abzuschauen, aber nur mit Schauen war es nicht getan, ich musste es selbst machen, und Vater sollte mir dabei helfen. Ich bat ihn darum, als ich oben auf dem Dach neben ihm saß. »Jetzt nicht«, sagte er, »hol mal ein paar Bündel Rohr für mich.« Mit fünf, sechs Bündeln Schilfrohr auf der Schulter kletterte ich die Leitern hinauf, stapfte von Dachschemeln auf kleinere Leitern, bis ich bei Vater ankam, und ließ die Schilfrohrbündel vor ihm fallen. »Tüchtiger Junge«, sagte Vater. So konnte er weiterarbeiten. »Jetzt noch ein Bündel feines Rohr«, sagte Vater. »Ganz feines. Und meine Trinkflasche. Ich hab Durst.« Ich suchte ein Bündel allerfeinstes Schilfrohr zusammen und holte seine Trinkflasche aus Plastik mit dem kalten Tee, den Mutter in der Früh zubereitet hatte.

»Es gibt nichts Besseres gegen Durst als kalten Tee«, sagte Vater.

Ich brachte alles hinauf. Seine Kneifzange, noch ein feines Rohr, ein Bündel Weidenruten und Schilfrohrbündel, viele Schilfrohrbündel.

Ich wollte Reetdachdecken lernen, aber Vater sagte immer: »Jetzt nicht.« Und so lernte ich es nie.

MITTAGSPAUSE

Vater ist vom Dach heruntergekommen. In der Scheune macht er seine Mittagspause, zusammen mit zwei Knechten. Sie sitzen neben dem Kuhstall. Dort stehen ein paar Stiere, die so heftig an der Kette zerren, dass die Scheune dadurch zu zittern scheint.

Aus seinem Brotsack holt Vater einen Stapel Brote, die in ein Tuch eingeschlagen sind. Er gießt aus seiner Thermosflasche Kaffee in einen Becher. Dann lässt er seine Mütze ins Gesicht rutschen und spricht lautlos ein Gebet, schiebt die Mütze wieder zurück, nimmt ein Brot und beißt hinein, dreimal schnell hintereinander, erst dann fängt er an zu kauen.

Vater und die Knechte sprechen die gleiche Sprache. Buchstäblich und im übertragenen Sinn. Die Sprache des seeländischen Lehmbodens, die Sprache von Wetter und Wind, vom Kampf um das Überleben. Knechte und Reetdachdecker, beide sind von den Bauern abhängig. Das verbindet.

Vater erzählt und die Knechte hängen an seinen Lippen. Denn erzählen kann Vater wie kein Zweiter. Von einem alten Knecht erzählt Vater. Für einen Hungerlohn hatte der Mann sich jahrelang für den Bauern geschunden. »Es war ein Scheißbauer«, sagt Vater. Als der Knecht krumm und abgearbeitet war, wurde er vom Bauern entlassen. An seinem letzten Arbeitstag sagte der Bauer: »Komm mal rein, ich habe noch etwas für dich.« Der arme Knecht glaubte das Unglaubliche, ihm wurde innerlich ganz warm. Hatte der Bauer vielleicht doch ein Herz und rückte jetzt ein schönes Trinkgeld heraus? »Wisst ihr, was er bekam?«, sagte Vater. »Ein Foto vom Bauernhof.« Die Knechte lachen und Vater lacht auch.

Die Mittagspause ist vorbei. Vater lässt die Mütze wieder ins Gesicht rutschen, für ein Dankgebet. Dann schraubt er die Thermosflasche zu, wickelt die übrig gebliebenen Brote wieder in das Tuch und legt sie in den Brotsack. Er zieht seine Knieschoner über. Das sind große Lederlappen, um seine Knie zu schützen, hergestellt vom Schuhmacher in 's-Heerenhoek. Vater befestigt sie mit einem Riemchen unter und über dem Knie.

Bevor er aufs Dach klettert, bleibt er unten kurz vor der Leiter stehen. Er schaut hinauf, begutachtet seine Arbeit. Wie weit ist er schon? Er inspiziert das Reetdach. Gibt es noch Löcher, schlechte Stellen? Dann bückt er sich, nimmt ein paar Schilfrohrbündel und lädt sie sich auf die Schulter. Vater klettert die Leiter hoch.

ALLES, WAS ODEM HAT

Mit seinen Händen, seinen wichtigsten Werkzeugen, seinen großen Reetdachdeckerhänden, deren Nägel er nie zu schneiden brauchte, weil sie durch die Arbeit mit dem Schilfrohr von allein kurz blieben, musste Vater ganz allein für seine Frau und die fünf Kinder das Geld verdienen. Langsam, aber sicher hatte er die Hoffnung aufgegeben, dass wenigstens einer seiner Söhne Reetdachdecker werden würde. Seit Generationen waren seine Vorfahren abwechselnd Stroh- oder Reetdachdecker gewesen. War dies nun das Ende? Immer noch kam es vor, dass Vater nach einem schweren Arbeitstag mit düsteren Blicken in die Küche schaute, wenn er mit dem Fahrrad am Fenster vorbeifuhr. Ob wir wohl wüssten, was Arbeiten hieß?

Ich war Krankenpfleger geworden. In der großen Stadt Rotterdam arbeitete ich im fünften Stock des akademischen Krankenhauses Dijkzigt, in der geschlossenen

Abteilung der Psychiatrie. Wenn ich aus dem Fenster schaute, sah ich endlose Autoschlangen in den Maastunnel hineinfahren und herauskommen. Tausende von Autofahrern jeden Tag, die meinten, auf der anderen Seite des Maas wäre es besser. Die Patienten liefen ziellos im Gang auf und ab, was konnten sie sonst tun. Wer nicht schon verrückt war, wurde es spätestens hier. Wir, die Ärzte und Pfleger, trugen weiße Kittel, um deutlich zu machen, dass wir gesund waren und sie nicht. Die Aufgabe der Patienten war es, Symptome zu zeigen, und zwar genau so, wie sie in den Lehrbüchern standen, damit wir nicht durcheinandergerieten.

Ab und zu begleitete ich Vater noch zum Reetdachdecken. Unsicher und voller Angst, ich könnte hinunterfallen, brachte ich Bündel mit Schilfrohr hinauf und Vater sagte tatsächlich manchmal noch »tüchtiger Junge«, wenn ich sie vor ihm fallen ließ.

Onkel Bram hatte aufgehört zu arbeiten, Vater war schon fast sechzig und führte nun ganz allein die Reetdachdeckerei weiter. Aber er fing an, über Kurzatmigkeit zu klagen. Er merkte es, wenn er die Leiter hochstieg. Der Hausarzt sagte, Vater solle aufhören zu rauchen, aber Vater war der Meinung, dass der Doktor das nicht von ihm verlangen könne. Eine Zigarette oder eine Pfeife anzuzünden war eine Wohltat, umso mehr, wenn man, wie Vater, so hart arbeiten musste, bei Wind und Wetter. Das wollte ihm der Doktor doch nicht verbieten? »Spruit«, sagte der Doktor, »wenn du Krebs bekommst, bin nicht ich es, der sterben wird.« Diese Aussage beeindruckte Vater so sehr, dass er danach weder eine Pfeife noch eine Zigarette anrührte.

Aber seine Kurzatmigkeit blieb. Auch in der Kirche merkte er es beim Singen von Psalmen und Liedern, er konnte nicht mehr so leicht drauflosschmettern wie früher. Mir fiel das bekannte Lied ein: *Alles, was Odem hat, lobet den Herrn.* Wie soll das denn mit Menschen gehen, die wenig Odem haben? Am Küchentisch demonstrierte Vater uns seine Kurzatmigkeit. Mit einigem Gespür für Dramatik schnappte er nach Luft wie ein Fisch auf dem Trockenen. »Was wird das denn noch werden«, sagte er.

Es stellte sich heraus, dass Vater an Lungenfibrose litt, einer progressiven Lungenerkrankung, bei der sich das Lungengewebe langsam, aber sicher in nutzloses Bindegewebe verwandelt.

Ohne Behandlung würde Vater irgendwann keine Lungen mehr haben. Vater wurde operiert und musste fortan sein ganzes Leben lang Cortison nehmen, um den Krankheitsprozess zu stoppen oder zu verlangsamen.

Odem oder nicht, Luft oder keine Luft, Vater arbeitete weiter. In seinem VW-Käfer, zunächst mit Dachgepäckträger, später mit einem Anhänger, fuhr er zu guten Bauern und zu schlechten Bauern, um ihre Reetdächer zu reparieren oder zu erneuern. Sogar nach seiner Pensionierung machte er weiter. Man konnte einen Bauern doch nicht mit einem Loch im Dach sitzen lassen, nicht wahr?

DER LANGE KEES

Wir stehen vor dem Bauernhof des Langen Kees. Der Reetdachdecker und sein jüngster Sohn. Der Reetdachdecker ist fünfundsiebzig Jahre alt und schon ziemlich verbraucht. Der Sohn ist vierzig Jahre alt und weiß noch immer nicht, was er eigentlich will im Leben. Vater will ein paar Reparaturen am Dach ausführen und ich habe ihn begleitet, um ihm zur Hand zu gehen. Der Lange Kees ist schon längst tot, der Hof wird jetzt von einem anderen Bauern bewirtschaftet, aber für uns bleibt er der Bauernhof des Langen Kees. Unten am Reetdach gibt es einige schadhafte Stellen, es ist ziemlich einfach. »Die Spatzen haben es kaputt gemacht«, sagt Vater. Ich gebe ihm einige Schilfrohrbündel, Vater repariert das Dach einwandfrei, der Bauer kann zufrieden sein.

Als wir wieder unten stehen, deutet Vater auf den alten Teich. Eine alte Tränke für das Vieh. »Früher«, sagte Vater, »war dieser Teich voller Aale. Der Lange Kees zog seine Hose aus, stieg in der Unterhose ins Wasser, mit einer Sichel in der Hand. Er schaute ins Wasser und sah die Aale schwimmen. Plötzlich holte er mit der Sichel aus und warf einen Aal aus dem Wasser. Seine Mutter wartete am Rand und legte die Aale in einen Eimer. »An so einer Sichel«, sagt Vater, »sitzen ganz feine Zähnchen, daran bleibt der Aal hängen.«

Wir sind fertig und wollen nach Hause gehen, Vater wirft noch einen Blick nach oben und kontrolliert seine Arbeit. Er entdeckt, dass sich ganz oben am Dachfirst, in der linken Ecke, ein bisschen Schilf gelockert hat. »Dort sitzt ein Draht nicht mehr fest«, sagt Vater, »wenn ich jetzt nichts mache, lockert sich das Schilf weiter und fällt herunter.« Er zögert. »Traust du dir das wirklich zu?«, frage ich. »So weit oben. Ist das nicht zu gefährlich?« »Es ist nur eine Kleinigkeit«, sagt Vater, »ich muss nur den Draht wieder festmachen.«

Wir legen die Leiter an das Dach und hängen sie mit Haken am Schilfrohr fest. Aber es ist so hoch, dass wir noch eine Leiter vom Bauern ausleihen müssen, um so weit hinaufzugelangen. Vater nimmt seine Kombizange, eine Rolle Draht und steigt die Leiter hinauf. Ich sehe zu, wie er am Dach hinaufsteigt. Er geht langsam, macht immer wieder eine Pause. Je höher er kommt, umso mehr beschleicht mich ein ungutes Gefühl. Ich mache mir Sorgen, habe Angst, dass er fallen wird. Vater steigt von der einen Leiter auf die andere. Scheint etwas verunsichert. Ich verfluche mich. Wie habe ich in Gottes Namen zulassen können, dass mein alter Vater, Lungenpatient obendrein, auf dieses hohe, steile Dach klettert? Ich will rufen, er solle runterkommen, traue mich aber nicht, weil ich fürchte, er würde dann bestimmt herunterfallen. Er steigt auf die letzte, höchste Sprosse. Mühsam. Hilflos schaue ich zu. Ich bin mir jetzt sicher, er wird fallen und zerschmettert vor meinen Füßen liegen. Vater erreicht den höchsten Punkt, die richtige Stelle. Er fummelt ein bisschen mit dem Eisendraht herum. Mit der flachen Hand klopft er die Reetoberfläche wieder glatt. Er ist fertig. Wirft die Rolle Eisendraht herunter, sie taumelt über das Dach. Vater tritt den Rückweg an. Keuchend steigt er herunter. Kommt wohlbehalten unten an. Ich schaue ihn an, er sieht blass aus. Eine Träne rollt über seine Wange. »Das war das letzte Mal«, sage ich. »Ja«, sagt er tonlos, »das war das letzte Mal.«

Ein- oder zweimal im Jahr fällt mein Vater vom Dach. Das passiert in meinen Träumen. Diese Albträume kehren immer wieder, bis heute. Wie ein Kinofilm, der wegen seines großen Erfolgs verlängert wird. Vater, der vom Dach fällt. Er sitzt hoch oben auf dem Reetdach eines großen seeländischen Bauernhofes. Ein Fehltritt, ein Fehlgriff. Er klammert sich noch an das Schilf, und mit einer Handvoll Schilf saust er herunter. Immer schneller. Ich warte unten auf meinen Vater, der seinem Tod entgegenstürzt. Ich weiß nicht, welchem Schicksal ich es verdanke, dass ich immer aus dem Schlaf gerissen werde, bevor mein Vater auf dem Boden aufprallt.

DAS TAGEBUCH

Als Vater fünfundsechzig war, fing er an, eine Art Tagebuch zu schreiben. Es war ein Taschenkalender, in den er anfangs ausschließlich kurze Notizen zu seiner Arbeit schrieb.

3. Aug. 1978: *Dachdeckerarbeiten Bauernhof Koeman Wolfaartsdijk. 4 Stunden gearbeitet. 45 Schilfrohrbündel. 5 kg Draht Nr. 8.*

Später fing er auch an, Bemerkungen über das Wetter zu machen.

6. Jan. 1985: *Tiefer Frost. Nachmittags Schnee. Strenger Winter.*

Ab 1986 fügte er persönliche Gedanken hinzu. Die Taschenkalender wurden bald zu klein, Mutter kaufte ihm größere Kalender. Es war kein geheimes Tagebuch, es lag zur Ansicht auf dem Fensterbrett in der Küche. Jeder, der wollte, konnte von dem, was ihn berührte, Kenntnis nehmen. Wahrscheinlich war das auch seine Absicht. Wir sollten über sein Glück und (vor allem) Unglück informiert sein, wir sollten seine Sorgen teilen.

Ich schaute ab und zu in seine Tagebücher, aber nicht oft und immer mit einer gewissen Zurückhaltung. Ich hatte Angst, auf Passagen zu stoßen, die von mir handelten. Seinem jüngsten Sohn, seinem Sorgenkind ungeachtet seines Alters. Der Sohn, der immer nicht erwachsen und glücklich werden wollte, immer noch nicht wusste, was er im Leben wollte, der keine Arbeit und keine Frau nach seinem Herzen finden konnte, der nicht mit Geld umgehen konnte und dabei auch noch dauernd über seine Gesundheit klagte und deshalb alternative Heiler aufsuchte, bis in die entferntesten Winkel des Landes, weil normale Ärzte bei ihm nichts finden konnten. »Was ist denn ein Mensch, der nicht arbeitet!«, hatte Vater oft verzweifelt zu mir gesagt, wenn ich wieder einmal gekündigt hatte, ohne bereits eine neue Arbeit zu haben. Vater war ein Mensch, der arbeitete. Auch wenn er schon lange in Rente war und sein Körper zu knirschen anfing. Die Klagen über seinen körperlichen Verfall konnte er nicht für sich behalten. In einfachen und düsteren Worten landeten sie in seinem Tagebuch.

Das Tagebuch war zu einem Teil von ihm geworden. Es lag immer an derselben Stelle auf der Fensterbank in der Küche.

Achtlos, und dennoch: Wir konnten es nicht übersehen. Es gehörte dorthin wie die Blumentöpfe und die Schale mit Kugelschreibern, Klebeband und Schere. Was wir lasen, nahmen wir in unsere Gedanken auf und machten damit, was wir für richtig hielten. Und jedes Jahr kaufte Mutter ihm einen schönen neuen Kalender. Mein Vater war ein offenes Buch.

TAGE AUS SEINEM TAGEBUCH

1986

27.1. *Heute alles weiß gefroren. Spät aus dem Bett. Muss noch viel husten und bin schnell außer Atem. Es ist ganz schlimm, dass ein Mensch so verfällt. Es ist der Anfang vom Ende. Meine Arbeitslust nimmt auch ab.*

31.1. *Wieder ein Monat vorbei. Es geht doch so schnell. Wenn man zurückschaut. Nachts, wenn ich nicht schlafen kann, stehen mir Dinge von vor fünfzig, sechzig Jahren wieder ganz klar vor Augen. Mehr traurige als fröhliche. Dann bin ich froh, wenn der Morgen kommt.*

24.2. *Es friert ganz schön. Heute Nachmittag Schilf geschnitten. Ich konnte über das Eis laufen. Das Schilf war nicht sehr gut. Es war krumm und nicht schön. Ich merke, dass ich auch keine Lust habe. Das lag wohl auch am schlechten Schilf.*

26.2 *Rinus kommt hierher, um sich im Fernsehen den Elf-Städte-Eislauf anzuschauen. Seinen eigenen Fernseher hatte er nach einem enttäuschenden Telefonat kaputt geschlagen.*

16.4. *Rinus kam heute Nachmittag zu Besuch. Er hatte wieder mal eine seltsame Krankheit. Alle Krankheiten, die es auf Gottes Erde gibt, hat er schon gehabt. Nur sein Appetit, der ist in Ordnung. Als Gast lässt er dem Tisch Ehre angedeihen. Man müsste lachen, wenn es sich um einen Fremden handeln würde.*

17.4. *Ich lagere Schilf ein, aber die frühere Begeisterung fehlt. Ich bin müde und am Ende meiner Laufbahn als Reetdachdecker. Innerhalb eines Winters und eines Frühjahrs ging es ziemlich abwärts mit mir. Ein krankes Bein und wenig Atem, das zehrt an der Kraft.*

21.4. *Letzte Nacht ein Regenschauer. Im Garten gedeiht alles sehr gut. Erdbeeren, Johannisbeeren. Die Apfelbäume blühen auch wieder. Das hatte ich nicht erwartet.*

25.6. *Es kommen so viele Dinge von früher in mir hoch. Ein Leben ist lang, und doch geht es schnell vorbei.*

29.6. (Sonntag) *Warm in der Kirche. Langer Gottesdienst. Froh, als der Pfarrer Amen sagte.*

30.6. *Wieder warm. Es wird sehr trocken. Mutter ist draußen beschäftigt, sie mäht den Rasen und räumt mal wieder den Schuppen auf. Meine Hüfte tut mir sehr weh und das drückt auch auf die Stimmung. Dann wird man depressiv. Etwas mutlos trödelt man dann ein bisschen herum. Nicht mehr viel Lust zu arbeiten.*

9.7. *Letzte Nacht ein Gewitter. Es hat herrlich geregnet, ich bin froh darüber. Rinus hat Geburtstag. Er wird vierzig. Ich hoffe, dass die kommenden Jahre ihm Wohlstand und Glück bringen. Wenn er es bloß selbst einsehen und schätzen würde. Wir geben die Hoffnung nicht auf.*

28.7. *Wieder schönes Wetter, zu schön, finde ich, denn es bleibt trocken. Die Zuckerrüben sehen fad und schlaff aus.*

18.12. *Heute habe ich Geburtstag. Fünfundsiebzig Jahre. Ganz schön alt. Aber ich bin froh, dass ich noch lebe. Mein Zustand verschlechtert sich zusehends. Das größte Problem ist der Atem. Und dann meine Hüfte. Nun ja, jeder hat irgendetwas. Aber nun ja, ein anderer hat etwas anderes.*

1987

15.1. *Sehr kalt. Zwölf Grad unter Null. Ein heulender Nordoststurm. In der Zeitung wird geraten, nicht ohne Grund hinauszugehen. Seltsam.*

21.1. *Am Nachmittag ein bisschen Hecken gestutzt. Aber gegen Abend wurde es kalt, neblig und unangenehm. Ich höre auf und kuschle mich in meinen Lederstuhl vor der Heizung. Mit einem schönen Buch. Es geht uns gut.*

15.8. *Wir schwimmen ein bisschen auf dem Strom, der uns weitertreibt.*

1988

17.1. (Sonntag) *Um halb zehn in die Kirche. Am Nachmittag eine Runde Scrabble gespielt und einen Schnaps getrunken. Das Leben ist gut, daran liegt es nicht. Rinus ist ein Schiff ohne Ruder. Ich hätte es doch so gern anders gesehen. Vielleicht werde ich es noch erleben. Wer weiß.*

7.2. *Zu den Schilffeldern gegangen. Die Welt des Schilfs hat sich verschlechtert. Es machte mich ganz still. Mein Leben ging mir durch den Kopf. Sechzig Winter lang habe ich hier geackert und mich geschunden. Von Kind an, bis man alt und verbraucht ist. Bei Wind und Wetter. Kurz gesagt, so etwas vergisst man nicht. Man kann es sich nicht vorstellen, diese großen Entfernungen mit einer Last Schilfrohr auf dem Rücken. Aber man war nicht oft allein. Manchmal eine gute Pfeife rauchen. Kaffee trinken und etwas essen. Man kannte es nicht anders, so war es nun mal, das Leben. Man war froh, wenn das Schilfrohr schön war. Undichte Stiefel, aber man gab nicht auf.*

9.2. *Rinus musste zu einer Art Doktor in Middelburg. Wenn bei ihm doch bloß mal ein anderer Geist überhandnehmen würde. Wie wir uns freuen würden.*

10.2. *Wieder Sturm und Regen. Am Vormittag nicht draußen gewesen. Am Nachmittag noch kurz nach 's-Heerenhoek wegen meiner Schuhe. Sie haben neue Sohlen bekommen. Ich hoffe, dass ich sie noch abtreten kann. Ich bin gespannt, sagte Onkel Sijmen, und dann heiratete er, als er achtzig war.*

3.4. (Sonntag) *Mit dem Fahrrad in die Kirche. Das Wetter war schön und zum Glück war kein Wind, denn dann kann ich nicht mehr Rad fahren. Ich bekomme schlecht Luft, es ist schlimm.*

16.4. *Rinus hat wieder Geldmangel. Mir wird schon angst und bange, wenn ich ihn kommen sehe.*

15.5. *Das Leben vergeht schnell. Wie ein Seufzer.*

30.6. *Heute wieder drückend heiß. Alles lechzt nach Regen. Um vier Uhr ein Gewitter mit herrlichem Regen. Um Viertel vor sechs waren 25 mm Regen in meinem Regenmesser und es tropft immer noch. Oh, wie herrlich.*

20.10. *Mildes Wetter. So mild, dass es den ganzen Tag brav regnen wird.*

18.12. *Heute werde ich siebenundsiebzig Jahre alt. Ich werde ziemlich vergesslich, aber was in meiner Jugendzeit und auch danach passiert ist, weiß ich noch ganz genau. Die eine schlimme Sache in meinem Leben stand immer im Vordergrund. Neben schönen Dingen. Das Leben ist nun mal nicht einfach. Am Nachmittag viel Besuch von Verwandten und Freunden gehabt. Am Abend kamen die Kinder und Enkelkinder. Rinus zeigte Dias. Mit einem Wort: Ein herrlicher Tag, den ich nicht so schnell vergessen werde.*

20.12. *Trübes Wetter. Die Tage fangen an und hören auf.*

30.12. *Mutter backt Krapfen. Das geht schnell. Heute Nachmittag möchte ich ein bisschen im Garten arbeiten. Aber ich bin keine große Hilfe. Nun ja, ich sollte froh sein, dass ich noch ein bisschen herumlaufen kann. Wenn man bedenkt, wie viele Bekannte schon gestorben sind. Jüngere als ich. Mir geht es gut bei Muttern. Und ich hoffe, dass es noch lange so bleiben wird.*

1989

1.1. *Wieder ein neues Jahr. Was wird es uns bringen? Wir hoffen auf gute Gesundheit für unsere große Familie. Alle Kinder und Enkelkinder waren da. Es war viel los, aber gemütlich.*

25.2. *Ganz schlechter Barometerstand. Noch nie so gesehen.*

26.2. *Regen und Wind.*

12.3. *Mit dem Fahrrad in die Kirche. Ich schaffe es kaum noch mit dem Fahrrad.*

26.7. *Es ist ein interessanter Sommer. Noch nie habe ich den Kuckuck so oft rufen gehört.*

28.7. *Es ist wieder warm. Die Sonne brennt schon seit Tagen schonungslos auf das Land. Es ist furchtbar trocken. Gutes Wetter zum Dreschen. Das schon.*

1990

26.8. *Die Katze wird es nicht mehr lange machen.*

28.8. *Gestern Abend sagte Rinus: »Wenn die Katze noch zwei Tage lebt, darfst du mir den Kopf abhacken.« Zum Glück lag sie heute Morgen tot da. Wir haben sie ordentlich begraben.*

1991

3.1. *Meine Augen sind innerhalb eines Jahres sehr viel schlechter geworden, trotz der Tropfen.*

25.1. *Zum Augenarzt für eine Laserbehandlung. Nun, das war die Mühe wert.*

30.1. *Durch dichten Nebel nach Zierikzee. Mutter schaffte es wieder prima.*

10.2. *Schnee. Winter und noch mal Winter. Rinus hat den Weg zur Straße freigeschaufelt. Heute Nacht hat es wieder geschneit. Ich langweile mich ziemlich. Meine Augen sind momentan schlecht. Ich bin mutlos. Es ist schlimm.*

18.2. *Meine Augen werden immer schlechter. Es ist so traurig.*

19.2. *Ich bin deprimiert. Durch die Laserbehandlung sind meine Augen schnell noch schlechter geworden.*

20.2. *Wie schlimm es ist, wenn man nicht mehr lesen kann.*

25.2. *Mein Leben hat sich völlig verändert. Ich lebe ein bisschen am Rand.*

27.2. *Die Tage sind zu lang. Früher waren sie zu kurz. Weil ich so schlecht sehen kann, langweile ich mich, und das ist nicht gut.*

1.3. *Ich sehe immer weniger. Es ist so schlimm.*

4.3. *Ich sehe sehr schlecht. Ich versuche, am Leben teilzunehmen, aber es ist schwer.*

8.3. *Meine Augen werden sehr schnell schlechter. Das lähmt mich einfach. Es ist eines der schlimmsten Dinge, die einem Menschen passieren können.*

11.3. *Jeder Tag gleich grau.*

15.3. *Ich nehme nur am Rande noch am Leben teil.*

Dann hörte Vaters Tagebuch auf. Er konnte nicht mehr lesen, was er schrieb. Seine letzte Hoffnung galt einer Augenoperation. Die würde vielleicht wieder das Licht in seine Augen zurückbringen. Die Operation misslang, es traten verhängnisvolle Komplikationen auf. Vater war jetzt praktisch blind.

Am 8. September schrieb er noch eine verzweifelte Notiz in sein Tagebuch. Sie steht dort wie ein Schrei, eine Anklage. Geschrieben mit dickem schwarzem Filzstift. Sie ist unleserlich. Auch für mich. Vaters Tagebuch war für immer geschlossen.

DEPRESSION

Mit dem Verlust seines Augenlichts schien Vater auch das Leben zu verlieren. Wie ein bösartiges Tier, das seine Chance erkennt, nistete sich eine Depression in seinem Körper und seinem Geist ein.

Juni 1992

Heute Morgen hat Vater stundenlang auf seinem Stuhl gesessen und mit seinen blinden Augen vor sich hin gestarrt. Er hat nichts gesagt, oder doch: »Ich hab Probleme mit der Zeit. Ich kriege die Zeit nicht rum.«

Er ist klar, sein Verstand funktioniert. Aber er scheint in einer anderen Welt zu leben. Als stünde er schon mit einem Bein im Grab und würde von dort aus das Leben betrachten. Als hätte alles für ihn keine Bedeutung mehr. Er hat vom Doktor Antidepressiva bekommen, aber die haben eine gegenteilige Wirkung. Nachts liegt er wach und sieht manchmal seltsame Bilder. Schlangen mit Schnurrbärten und missgebildete Kinderköpfe. Dann steigt er aus dem Bett und läuft im Zimmer auf und ab. Die Medikamente nimmt er nicht mehr.

Heute Morgen hat er Mutter gegenüber seinen Selbstmord angekündigt. Er hat ihr sogar gesagt, wie er es tun würde. Mutter erzählt es mir weinend, während Vater daneben sitzt. Er hört es sich an, emotionslos, widerspricht ihr nicht, sagt nicht: »Ach komm, so schlimm ist es doch nicht.« In seinen schlechten Momenten sieht er sehr weiß aus. Blutloses Gehirn, blutlose Depression. Keine wirkliche Trauer, keine Tränen. Ein nicht fassbarer Schmerz. Ein Schmerz, den man nicht beschreiben kann. Er erzählt, dass es in seinem Kopf sitzt und sehr schlimm ist. »Nur euretwegen tue ich es nicht«, sagt er und meint seinen Selbstmord.

Er kann stundenlang vor sich hinstarren.

»Ich hab Probleme mit der Zeit«, sagt er.

Er sagt es aus einer Tiefe heraus, die nur er kennt.

Weil er sich darin befindet. Als stünde er mit dem Rücken zu einem tiefen Graben. Noch ein Schritt, und er stürzt hinein. Wussten wir, dass er so dicht am Rand stand?

»Ich hab Probleme mit der Zeit.«

»Ich krieg die Zeit nicht rum.«

»Er denkt wieder an Merien«, sagt Mutter.

Immer wieder Onkel Merien. Dieser Unfall. Wie schlimm das war. Und dass es seine Schuld war.

August 1992

Einen Monat später. In der Tagesstätte für Senioren in Lewedorp warte ich auf meinen Vater. Jeden Dienstag und Donnerstag verbringt er hier den Tag. Ich fahre ihn morgens hin und hole ihn abends wieder ab. Unter der Leitung von Rianca, der Leiterin der Tagesstätte, werden hier zehn Senioren den ganzen Tag lang beschäftigt. Rianca liest ihnen die Zeitung vor, macht mit ihnen Spiele.

Ich warte vor der geschlossenen Tür. Ich höre die Leute sprechen, ich höre die Stimme meines Vaters. Er erzählt von früher. Seine Erzählungen werden ab und zu durch Gelächter unterbrochen. »Ich höre jetzt auf«, höre ich ihn sagen. »Denn ich rede viel zu viel.« »Nein«, sagt Rianca, »du sollst nicht aufhören, du sollst weiterreden. Wir finden es toll, was du erzählst.«

Nach dem Abendessen sagt Vater: »Rinus, mach doch noch mal ein Buch an.«

Ich nehme die Schachtel mit Kassetten aus der Bücherei, greife eine heraus und stecke sie in den Rekorder.

»›Das Eselchen‹ heißt die Geschichte«, sage ich, »sie wurde von Cyriel Buysse geschrieben, einem Belgier.« Ich setze Vater den Kopfhörer auf und starte den Rekorder. Schon bald ist er in das Buch vertieft. Manchmal lächelt er, ab und zu grinst er. Bis er nach einer Dreiviertelstunde verstört hochschaut, weil die Dame plötzlich mit dem Vorlesen aufgehört hat. »Rinus«, sagt er, »dreh doch mal das Band um.«

Aufmerksamkeit, auch wenn sie nur einer Frau gilt, die auf einer Kassette ein Buch vorliest. Und er muss reden können, erzählen. Seine Stimmbänder müssen vibrieren. Aufmerksamkeit, vibrierende Stimmbänder.

Ist es denn wirklich so, dass die Depression, das Tier, das nicht aushält?

PLAY

Vater sitzt auf seinem Stuhl im Hinterzimmer. Mit dem Kopfhörer hört er sich ein Hörbuch aus der Blindenbibliothek an. Das Hinterzimmer ist quadratisch. In der Mitte steht ein quadratischer Tisch. Diesen Tisch habe ich beschwert und an den vier Seiten ein Geländer aus Besenstielen angebracht. Der Tisch ist Vaters Bake, sein Halt. Auch sein Bett steht jetzt im Hinterzimmer. Es geht Vater nämlich immer schlechter. Er hat abgenommen und bekommt immer schlechter Luft. Er ist in sein Hörbuch vertieft und nickt langsam und gleichmäßig mit dem Kopf. Das hat letztes Jahr angefangen, dieses Nicken. Vielleicht eine Nebenwirkung des Medikaments? Es stört ihn nicht, er weiß nicht einmal, dass er es tut.

Plötzlich steht er auf und will laufen. Aber er hat den Kopfhörer noch auf und zieht den Kassettenrekorder mit. »Halt, Vater, du hängst fest!«. Ich nehme ihm den Kopfhörer ab und mache den Kassettenrekorder aus. Er hält sich erst an der Holzschiene am Tisch fest, dann an dem Handlauf, der an der Wand befestigt ist, und geht in eine Zimmerecke. Dort steht eine Holzvorrichtung mit einem Eimer auf Pinkelhöhe. Eine selbstgebastelte Zimmertoilette. Als er wieder im Stuhl sitzt, setze ich ihm den Kopfhörer auf und drücke auf *play*. Bald lauscht er wieder der Hörbuchgeschichte, vergnügt nickend. Manchmal erscheint ein Lächeln auf seinem Gesicht. Und dann, nach einer Weile, hört das Nicken auf. Er ist eingeschlafen. Die Kassette dreht sich weiter. Bis sie mit einem »Klick« stehen bleibt und Vater aus dem Schlaf reißt.

JESUS AUF DEN WELLEN

Es ist Morgen, Vater sitzt auf der Bettkante. Ich wasche sein Gesicht und seine Arme. Seine Brust, seinen Bauch, seinen Rücken. Ich trockne ihn ab und ziehe ihm ein kurzärmeliges Hemd an. Es ist ein vorgewärmtes Hemd, es hing über der Heizung. »Das ist schön«, sagt Vater. Er steht auf, hält sich am Besenstielgeländer des Tisches fest. Er bleibt stehen, während ich die untere Hälfte seines Körpers wasche. Er geniert sich. »Ich war Krankenpfleger«, sage ich, »ich habe Hunderte alter Männer gewaschen.« Vater lässt sich herabsinken, bis er wieder auf dem Bett sitzt. Ich wasche seine Füße. Sie sind geschwollen, vom Wasser. Ich helfe ihm in seine lange Unterhose und ziehe ihm die Bündchen seiner langen schwarzen Wollsocken über die weißen Beine der langen Unterhose. Ich kleide ihn weiter an. Die Hose, das Hemd. Die Pantoffeln. Er schaut proper aus. Wir gehen in die Küche. Ich laufe hinter ihm, halte ihn unter den Armen fest. Ich trage ihn fast, aber er berührt gerade noch den Boden, sodass er noch das Gefühl hat, selbstständig zu gehen. Fast schwebend, wie Jesus auf den Wellen, bewegt er sich in die Küche. Er hat einen festen Platz am Küchenfenster und schaut hinaus. Wie er das schon seit achtundfünfzig Jahren tut. Immer dieselbe Aussicht auf das weite Land. Ein Anblick, der nie gleich ist. Denn der Himmel verändert sich ständig und die Pflanzen auf dem Land zeigen auf ihre Art, wie es ihnen geht. Vater schaut hinaus, sogar lange, aber er sieht nichts mehr. Ganz verschwommen vielleicht? »Rinus«, sagt er, »was für ein Wetter haben wir?«

DER MANN MIT DEM HASEN

Es ist noch früh am Abend, als plötzlich ein Mann mit einem Hasen zu Besuch kommt. Ich will Vater ins Bett helfen, denn er ist müde und erschöpft. Jedes Jahr im November bekommt Vater einen Hasen geschenkt, weil Jäger sein Land zum Jagen benutzen dürfen. Oft habe ich mich deswegen mit Vater gestritten, mir ist alles zuwider, was mit der Jagd zu tun hat. Der Jäger bietet Vater den Hasen an. Vater nimmt das tote Tier an den Hinterpfoten, das Gewicht des armen Tieres lässt seinen mageren Arm schwanken. »Kolossal«, ruft Vater begeistert, »kolossal, so einen schweren Hasen hatte ich noch nie!« Seine große Hand umklammert die Hinterpfoten, er versucht, den Hasen hochzuhalten, muss ihn aber bald sinken lassen. Nun liegt das Tier der Länge nach auf dem Tisch, mit offenen Augen.

»Kolossal«, ruft Vater noch einmal und begreift nicht, dass der Hase so schwer ist, weil er selbst so schwach ist, sein Arm so kraftlos.

Auch als der Jäger fortgegangen ist, kann Vater, aufgeregt, wie er ist, noch nicht von dem Hasen lassen. Ich muss sofort einen Bekannten anrufen, der sich auf die Kunst des Hasenschlachtens versteht, und ich soll dem Tier einen Strick um die Hinterpfoten binden und es an einem Balken im Schuppen aufhängen.

Als ich Vater kurz danach ins Bett bringe, ist er sehr erschöpft. Und wieder erschrecke ich, als ich sehe, wie mager er geworden ist, kein Gramm Fett hat er mehr am Leib. Ich kann seine Waden fast mit Daumen und Zeigefinger umfassen. Seine Füße, geschwollen wegen des Wassers, sind kalt, auch seine Unterschenkel sind kalt bis zu den Knien. Ich lege eine elektrische Heizdecke an das Fußende seines Betts und hole noch zwei Wärmflaschen. Nun kommen die Handgriffe, die ich auswendig kenne, sowohl nach ihrer Art als auch nach ihrer Reihenfolge. Aber Vater ist jedes Mal schneller als ich. »Das Schüsselchen für meine Zähne, Rinus«, sagt er, als ich das Schüsselchen für sein Gebiss schon in der Hand halte. »Die Salbe für meine Augen.« »Meine Tabletten.«

»Ich weiß, Vater«, sage ich, »ich weiß es auswendig, du brauchst es mir nicht immer zu sagen.«

»Ein Glas Wasser«, sagt Vater, »und mein Taschentuch, Rinus.« Das Anschließen der Sauerstoffflasche ist der letzte Handgriff. Die Sauerstoffflasche steht neben seinem Bett. Luft aus der Flasche, Luft, die seinem Atem hinzugefügt wird. Alles, was Odem hat, lobet den Herrn.

»Der Sauerstoff hilft kein bisschen«, sagt Vater. Er hat recht. Er hilft kein bisschen.

Vater liegt jetzt auf dem Rücken, halb aufgerichtet, Wasserglas und Taschentuch in Reichweite. Die Nacht kann beginnen. »Ich schaue in der Nacht noch ein paarmal nach dir«, sage ich. »Und wenn etwas ist, kannst du ruhig rufen.«

»Gute Nacht«, sagt Vater.

Er ruft mir noch etwas nach.

»Ja, Vater, ich habe den Hasen aufgehängt.«

IM GEGENLICHT

Es ist Sonntagmorgen. Der Morgen nach dem Abend mit dem Mann und dem Hasen. Vater sitzt frisch gewaschen und angezogen im Rollstuhl. Ich fahre ihn ins Wohnzimmer. Durch das Fenster scheint die Morgensonne herein und wunderbares Licht fällt auf Vater. Da sitzt er, mit seinem mageren Hals, den kurz geschnittenen Haaren. In einem dicken Wollpullover. Mit Pantoffeln, die Mutter aus einer alten Wolldecke für ihn gemacht hat.

Ich stehe hinter ihm und werde von dem wunderbaren Bild berührt. Vater im Gegenlicht. Seine zerbrechliche Gestalt von einem Strahlenkranz umgeben, seine Silhouette eingerahmt von Licht. Ich hole meine Kamera und mache ein Foto. Vater im Gegenlicht, von hinten. Als ich die Kamera am Auge habe, entdecke ich durch den Sucher ein Haar, das aus seiner Ohrmuschel wächst. Dieses Haar fängt das Licht ein und fällt auf. Ich hole eine Schere, schneide es weg. Vater merkt es nicht. Ich knipse noch ein Foto. Jetzt ohne das Haar im Ohr.

Nachher kommen meine Schwestern zum Sonntagskaffee. Vater wartet gut gelaunt. Er wird von dem Hasen erzählen.

Er ist dazu bereit.

NACHT

Seit einigen Wochen verbringe ich die Nächte im Haus meiner Eltern. Ich schlafe unterm Dach, in der Kammer, die ich früher, als Kind, bewohnt habe. Vater liegt im Stockwerk unter mir, im Hinterzimmer. In seinem Krankenbett kämpft er mit der Nacht. Schlaftabletten verschlimmern nur seine Schlaflosigkeit, ohne Tabletten geht es besser.

Genau wie eine Mutter, die jedes Geräusch ihres Kindes hört, bin ich auf Vater ausgerichtet. Er ruft oft. Weil ihm kalt ist. Weil er wissen möchte, wie spät es ist. Weil er nicht schlafen kann. Weil er auf die andere Seite gedreht werden möchte. Allein hält er die Nacht nicht aus. »Ich hab Probleme mit der Zeit«, sagt er. Gegen fünf Uhr morgens ruft er noch einmal. Ich gehe hinunter. »Ist etwas?«, frage ich. »Wenn bloß was wäre«, sagt Vater, »ich langweile mich zu Tode. Aber da du sowieso da bist, dreh mich doch auf die andere Seite.« Es kostet mich wenig Mühe. Mein Vater wiegt nicht mehr viel.

KRANKENHAUS

Im Krankenhaus stehe ich vor der Tür des Krankenzimmers, hinter der sich, wie ich weiß, mein Vater befindet.

Gestern am späten Abend wurde er hier aufgenommen. Wider besseres Wissen. »Vielleicht kann der Lungenarzt noch etwas machen«, sagte ich zur Hausärztin, als Vater mit hohem Fieber und Lungenentzündung in seinem Bett im Hinterzimmer lag. Der Tod schaute nachdrücklich durch das Fenster, ich wollte ihn nicht hereinlassen. Seinen Vater dem Tod zu überlassen, das kann man nur ein Mal tun. »Ich denke, dass der Lungenarzt etwas für dich tun kann«, sagte ich zu Vater, als ich neben ihm im Krankenwagen saß. »Wenn es dir im Krankenhaus nicht gefällt, fahren wir gleich wieder nach Hause. Wenn es dir nicht recht ist, sind wir gleich wieder zu Hause.« So sagte ich zu Vater.

Es ist noch früh am Morgen, ich stehe vor der Tür des Krankenzimmers, in dem ich Vater gestern Abend zurückgelassen habe. Ein Zimmer für ihn allein. Die Tür ist geschlossen und das gefällt mir nicht. Ich gehe hinein und es zerreißt mich vor Mitleid. Vater sitzt aufrecht im Bett, hält die Schutzgitter fest, ist völlig verwirrt. Er weint. Ein hilfloser Blick in seinen Augen. Ein verängstigtes Knochengerippe. Ihm ist kalt, er fühlt sich kalt an und klagt, wir hätten ihn letzte Nacht ohne Kleidung in den Schuppen gelegt. Mein Mitleid ist so groß, dass ich mich am liebsten neben ihn legen möchte. Aber ich tue es nicht. Ich fülle zwei Wärmflaschen, die ich, als hätte ich es geahnt, von zu Hause mitgebracht habe. Ich hole eine zusätzliche Decke. Lasse seine Rückenstütze etwas herunter, lege die Kissen richtig hin. Rede und höre zu.

Schön bequem, denke ich, schön bequem. Dieser Mann ist sterbenskrank. Mach die Tür des Krankenzimmers zu und du brauchst dich um nichts mehr zu kümmern. Schön bequem.

Ich höre mir weiter seine Wut an. Der kalte Boden, der dunkle Schuppen. Dass es eine Schande sei. Aber die Wärme, die seinen Körper durchströmt, mindert seine schlimmste Unruhe.

Dann kommt der Arzt ins Zimmer. Seine Körpersprache signalisiert eine deutliche Botschaft. Schade um meine kostbare Zeit. Dieser Mann hätte nicht aufgenommen werden dürfen. Dieser Mann ist sterbenskrank.

Er fängt an, Vater zu untersuchen, klopft ihn ab. Vater

sitzt aufrecht im Bett, ich stütze ihn. Der Atem, den er ausstößt, ist kalt, ich fühle ihn auf meiner Hand. Hastig trommelt der Arzt auf Vaters ausgezehrtem Gerippe. Vaters Rippen, von zäher Haut überzogen. Aber die Musik gefällt dem Arzt nicht. Er murmelt etwas, wirft noch einen Blick auf Vater und läuft dann zornig aus dem Zimmer, die Schöße seines weißen Kittels flattern um seine langen Beine.

Ich lege Vater wieder hin, ziehe ihm die Decke bis zum Kinn. »Wir gehen nach Hause«, sage ich. »Zuerst schön warm werden und dann gehen wir nach Hause. Nirgends ist es besser als zu Hause. Schön in deinem eigenen Bett.«

Ein Internist kommt herein. Er hat Vaters Krankenakte gelesen. Er lässt ihn ruhig schlafen. »Wir können nichts mehr für Ihren Vater tun«, sagt er auf dem Gang zu mir. »Wenn Sie die Möglichkeit haben, ihn zu Hause zu pflegen, ist es besser für ihn, wenn Sie ihn mitnehmen.«

Wir warten auf den Krankenwagen, der Vater nach Hause bringen wird. Zu seinem warmen Bett. Meine Schwester ist inzwischen auch gekommen, sie hat einen Kassettenrekorder mit Hörbuchkassetten und CDs mitgebracht. Ich lege eine CD ein. Weihnachtsmusik. Schließlich ist bald Weihnachten. Jantje Smit singt *Stille Nacht*.

Und verdammt, Vater summt leise mit.

STERBEN

In seinem Krankenbett im Hinterzimmer bringt Vater den letzten Rest seines Lebens zu Ende. Wir sitzen im Wohnzimmer, aber die Schiebetüren sind offen, Vater braucht nur einen Ton von sich zu geben, dann sind wir schon bei ihm.

Er sagt nicht mehr viel, Vater. Er liegt einfach da.

Trinkt ab und zu noch etwas, isst praktisch nichts mehr. Alle paar Stunden drehe ich ihn auf den Rücken, auf die eine Seite, auf die andere. Sein Steiß ist rot, aber nicht wund.

Ziemlich viele Leute kommen vorbei, die Enkelkinder möchten den Opa noch einmal sehen, von ihm Abschied nehmen. Und jedes Mal streckt Vater den Arm aus, diesen spindeldürren Arm mit der großen Hand.

Er bleibt bis zum Schluss klar. Manchmal isst er noch eine Birne oder einen Bissen von einem sauren Apfel.

Nachts schlafe ich auf einem Klappbett im Wohnzimmer. Die Nacht vor seinem Tod verbringe ich in meiner eigenen Wohnung in Hoedekenskerke. »Du musst auch mal raus«, haben meine Schwestern gesagt. »Heute Nacht schlafen wir im Wohnzimmer. Es kann noch Tage dauern.«

Am nächsten Morgen rufe ich an und frage, wie es war. »Es hat sich kaum was verändert«, sagt meine Schwester. »Er wollte Suppe haben und hat ein bisschen davon gegessen, aber er hat sich beschwert, dass zu wenig Fleisch drin war. Gestern Abend haben wir ein Glas Portwein getrunken und Vater hat ein halbes Gläschen mitgetrunken. Es hat das Glas sehr vornehm gehalten, du weißt schon, den kleinen Finger abgespreizt.«

Ganz entspannt fahre ich am Vormittag zu meinem Elternhaus. Meine Schwester wartet schon auf mich. »Gut, dass du da bist«, sagt sie. »Es geht ihm plötzlich viel schlechter. Er hat nach dir gefragt und konnte gar nicht verstehen, dass du nicht da warst.«

»Du gehst nicht mehr weg, nein?«, sagt Vater, als ich mich zu ihm aufs Bett setze. Nein, ich gehe nicht mehr weg.

Der Sauerstoffschlauch in seiner Nase macht ihm zu schaffen. Ich entferne ihn. Der Sauerstoff hat sowieso nichts geholfen. Die Ärztin kommt noch einmal vorbei. Und wieder streckt Vater die Hand aus und bedankt sich bei ihr für alles, was sie für ihn getan hat.

Er bittet um die Flasche zum Urinieren.

Ich drehe ihn noch einmal von der Seite auf den Rücken.

»Ich werde sterben«, sagt Vater.

Seine Atmung wird flach. Es ist eigentlich keine Atmung mehr. Sein Puls ist vollkommen unregelmäßig und kaum spürbar.

Ich sehe, wie er immer weniger wird.

Es ist Mittwoch, der 24. Dezember 1997.

An diesem Nachmittag stirbt mein Vater.

REGENTROPFEN

Am Tag der Beerdigung gehe ich morgens durch den Garten meines Elternhauses. Es regnet leicht. Ich schaue zu dem Schilfrohrschuppen hinüber, den Vater vor sechzig Jahren erbaut hat. Er ist ganz aus Schilfrohr, sogar die Wände. Er dient noch immer als Garage und Schuppen. Er hängt gefährlich schief. Weil er schon so alt ist und Vater ihn ohne Fundament gebaut hat.

Der Schuppen hängt so schief, dass er eigentlich zusammenfallen müsste, aber er weigert sich hartnäckig, zu Boden zu gehen. Er leistet noch immer das, wozu Vater ihn gebaut hat: Wasser und Wind abzuhalten. Das Schilfrohr ist mit der Zeit grauschwarz geworden. Regen tropft vom Dach. Große, klare Wassertropfen hängen an den Schilfstoppeln. Ich hole meine Kamera und schraube das Vorsatzobjektiv auf.

Vater ist im Schlafzimmer aufgebahrt.

Ich mache ein Foto vom weinenden Schilfrohr.

KATZE

Die Katze lag unter Vaters Bett und schlief
  und schlief einfach weiter,
  vor, während und nach Vaters Sterben.
  Als wäre nichts passiert.

Das gefällt mir gar nicht an den Katzen.

DAS RANKE RIED

Der Sarg steht vorn in der Kirche.

Zum Tod des alten Reetdachdeckers liest der Pfarrer die erste Strophe eines Gedichts von Guido Gezelle. »Das Schilflied«. »Er hätte es für Ihren Vater geschrieben haben können«, sagte der Pfarrer.

O Rauschen von dem ranken Ried!
Verstünd ich doch dein klagend Lied!
Wenn kosend dich der Wind berührt
und beugend deine Halme rührt,
(...)

Wochen später würde ich in der Bücherei das Gedicht von Gezelle noch einmal im Ganzen nachlesen. Die fünfte Strophe gefiel mir am besten. In ihr lässt Gezelle das rauschende Rohr eine Sprache sprechen, die mit der menschlichen Seele zusammenzufließen scheint.

O nein doch, rankes, rauschend Ried,
auch meine Seele hört dein Lied.
(...)

Ich sehe meinen Vater in seinen hohen Wasserstiefeln in dem Priel voller Schilfrohr stehen, unterhalb der Eisenbahnlinie zwischen Lewedorp und Arnemuiden. Er schneidet Schilf und schichtet es zu dicken Bündeln aufeinander. Hat Vater das Rauschen des ranken Rieds verstanden? Hat es, wie in Gezelles traurigem Lied, seine Seele berührt? Eine göttliche Saite angeschlagen? Ich fürchte, nein. Ich glaube, dass Vater, während er sich bückte, um mit dem Rohrmesser das letzte Schilf zu schneiden, eher mit irdischen Dingen beschäftigt war. Vielleicht mit dem irdischen Schlick. Mit dem Kampf ums Überleben. Denn wehe dem, der alt und arm enden muss, hör bloß auf. Alt und arm, Mann, schweig still.

Auf dem Sarg liegt ein Gesteck aus Schilfrohr.

Mein Bruder hat das Schilf in einem Graben in der Nähe von Nisse geschnitten, der Florist hat es zu einem schönen Gesteck verarbeitet. Mein Bruder hat noch mehr Schilf geschnitten. Eine große Anzahl Halme wird er mit zum Friedhof nehmen. Jeder Besucher soll einen ins offene Grab werfen. Das hat sich meine Schwester ausgedacht. Es ist das Symbolhafte, sagt sie, das Kraft und Unterstützung gibt. So sagt sie.

Der Pfarrer kündigt das Lied an, das wir singen werden. *Der Herr ist mein Hirte.* Das tut mir gut. Es erinnert mich an früher, als wir Kinder waren. Nach dem Abendessen las Vater immer ein Stück aus der Bibel vor. Sobald unsere Mägen voll und die Töpfe leer waren, nahm er die Bibel und sagte: »Ich lese jetzt was vor.« Um zu kontrollieren, ob wir gut zugehört hatten, ließ er uns manchmal das letzte Wort wiederholen. Das letzte Wort war nie ein Problem, das blieb schon hängen, auch wenn man nicht zugehört hatte. Manchmal wusste Vater nicht gleich, welches Stück aus der Bibel er lesen wollte, und oft sagte ich dann: »Psalm 23, Vater.« Denn Psalm 23, *Der Herr ist mein Hirte,* hatte einen vertrauenerweckenden Text und schöne Sätze. »Er weidet mich auf einer grünen Aue«, wer würde das nicht wollen?

> Der Herr ist mein Hirte,
> mir wird nichts mangeln.
> Er weidet mich auf einer grünen Aue
> und führet mich zum frischen Wasser.
> Er erquicket meine Seele.
> (…)
> denn Du bist bei mir,
> Dein Stecken und Stab trösten mich.
> (…)

Nach dem »Stecken und Stab«, von dem ich übrigens keine Ahnung hatte, was es bedeuten sollte, schweiften meine Gedanken wieder ab. Vater nahm dann, weil er schon dabei war, Psalm 24, 25, 26 und 27 auch noch mit. Da waren meine Gedanken bereits mit anderen Dingen beschäftigt. Das letzte Wort, das würde schon klappen.

Vorn in der Kirche steht der Sarg mit den sterblichen Überresten des Mannes, der mein Vater war. Ich gehe vor und stelle mich ans Mikrofon. Eine Rede zu halten, das ist nicht so einfach. Meine Stimme droht immer wieder ins Stocken zu geraten, ich habe das Gefühl, mit einer Schubkarre in einen großen Sandhaufen zu fahren.

»Mein Vater war mein Vater«, sage ich.

»Mein Vater war mein Freund.«

»Mein Vater war mein Kind.«

Über seine einfachen und gut gemeinten Ratschläge fürs Leben rede ich.

»Wenn ich ein Buch kaufte, sagte Vater: ›Junge, du hast schon so viele Bücher!‹«

»Wenn ich eine Hose kaufte, sagte Vater: ›Junge, du hast schon so viele Hosen!‹«

»An seinen fast verzweifelten Versuchen, mich durch gute Ratschläge vor Unheil zu schützen, hielt er bis zum Ende seines Lebens fest. Aber weil er die ganzen Jahre über stets das Gleiche gesagt hatte, hörte ich nicht mehr hin. Aber du hattest recht, Vater. Geld auszugeben ist viel einfacher, als es zu verdienen.«

Der Friedhof. Der knirschende Kies. Meine Neffen und Nichten tragen den Sarg. Das Schilfrohrgesteck reist mit.

Auf diesem Friedhof in Nieuwdorp liegen auch Onkel Merien, Opa, Oma und Onkel Bram begraben. Die Stelle, wo mein Vater beerdigt wird, liegt zehn Meter von Onkel Meriens Grab entfernt. Aber Onkel Merien liegt eine Etage tiefer. Denn im Jahr 1970 wurde der Teil des Friedhofs, in dem Onkel Merien liegt, aufgestockt. Damit eine weitere Schicht Toter Platz fände. Sein Grabstein wurde entfernt, seine sterblichen Überreste blieben liegen. Vater war darüber zornig geworden. »Sie können den Grabstein ja in Ihrem Garten aufstellen«, hatte der Gemeindebeamte vorgeschlagen. »Mit so etwas fangen wir gar nicht erst an«, hatte Mutter gesagt.

Das Wetter ist unwirtlich und leicht stürmisch, aber es hat endlich aufgehört zu regnen.

Der Pfarrer steht am Sarg und betet das Vaterunser. Es gibt sogar eine richtige Verstärkeranlage. Die Schilfrohre stehen in einem hübschen Regenschirmbehälter aus Kupfer. Es weht ziemlich stark, der Behälter droht umzufallen, aber mein Bruder sieht es und stützt ihn mit seinem Bein ab.

Und dann, der entscheidende Augenblick. Der Sarg sinkt in die Erde. Tief in den seeländischen Lehm. Der

Bestatter reicht jedem Anwesenden einen Halm. Sein Berufsethos ist rührend, er steht da, als könnte er jeden Moment in Tränen ausbrechen. Brav wirft jeder seinen Halm in das Grab. Das ist gar nicht so einfach bei dem Wind. Nicht alle Anwesenden werfen einen Halm, es gibt mehr Menschen als Halme. (Das hättest du sehen sollen, Vater, die Kirche war voller Leute.)

Mein Vater, unter Schilfrohr begraben.

SPATZ

Einige Monate nach Vaters Tod gibt Mutter mir eine Plastiktüte mit Vaters Tagebüchern. Sie händigt mir auch eine Schachtel mit Beileidskarten und Briefen aus, anlässlich des Todes von Onkel Merien, der 1936 im Alter von achtundzwanzig Jahren mit dem Motorrad tödlich verunglückte. Die Durchsicht der Tagebücher habe ich so lange wie möglich vor mir hergeschoben. Ich habe sie gelesen, weil es für das Schreiben dieses Buches notwendig war.

Die Schachtel mit Beileidskarten und Briefen. Was soll ich damit? Onkel Merien ist zehn Jahre vor meiner Geburt verunglückt. Was war er für ein Mensch? Ich weiß es nicht, Vater hat nie darüber gesprochen.

Die Schachtel ist voller Beileidskarten und Briefe. Karten in einem Format, wie es heutzutage nicht mehr üblich ist, sehr klein und länglich. Die Briefe sind von Familienangehörigen, Bekannten und Bauern. Von guten Bauern und schlechten Bauern. Die Beweise von Mitleid sind für Vater, Oma, Opa und Onkel Bram sicherlich ein Trost gewesen. Das Lesen der Beileidsbezeugungen stimmt mich traurig. Vaters Trauer wird zu meiner. Ich spüre den Schock, seine Erschütterung, seine Schuldgefühle. Es gibt auch ein Foto von Onkel Merien, ein Porträt. Ein hübscher junger Mann mit dunklen Haaren und ernstem Blick. Haben die Menschen damals immer so ernst ausgesehen, wenn sie fotografiert wurden?

Die Briefschreiber bezeugen ihre Anteilnahme an dem »schmerzlichen Verlust Ihres geliebten Sohnes und Bruders« als Folge »des schicksalhaften Unfalls mit Todesfolge«. Ohne Ausnahme weisen sie darauf hin, dass die Hinterbliebenen sich für Trost und Kraft an »Gott den Herrn« wenden sollen.

»Möge Ihr Sohn und Bruder Ihnen vorangegangen sein zu dem Ort, wo es keine Trauer gibt und wo Er alle Tränen von den Augen wischen wird.«

»Suche Zuflucht bei Ihm allein und beuge dich Seinem väterlichen Willen, denn ihr wisst doch, dass kein Spatz vom Himmel fällt, ohne dass es Sein Wille ist.«

»Warum nahm Gott Ihnen den geliebten Sohn und Bruder? Weil Gott Gott ist.«

»Das Warum werden wir auf dieser Seite des Grabes nie herausfinden. Am Tag aller Tage wird es jedem klar sein.«

Trauer erfüllt mich. Ich schließe die Schachtel, um sie nie mehr zu öffnen. Was soll ich mit dieser Schachtel voller Traurigkeit? Wegwerfen?

Ich beschließe, dass die Schachtel, wenn meine Zeit gekommen ist, mit in meinen Sarg kommen soll. Ich habe das Gefühl, dass der Kreis dann geschlossen sein wird. Ich wurde nach Onkel Merien benannt. Marinus.

DIE ZEIT

Der Herbst ist vorüber, aber viele Bäume tragen noch ihre Blätter. Die Natur ist durcheinander, es ist zu warm für die Jahreszeit. Ich habe auch noch keine Frostgänse vorüberfliegen sehen, obwohl es jetzt an der Zeit wäre.

Vater ist nun seit neun Jahren tot. Ich bin sechzig Jahre alt. Die Zeit vergeht schnell. Vor allem, wenn man zurückblickt, würde Vater sagen. »Früher waren die Tage zu kurz«, schrieb er in sein Tagebuch, »jetzt sind sie zu lang.« Früher war die Zeit für Vater wie ein Fahrzeug, das vorbeifuhr und auf das er aufsprang und sich mitnehmen ließ. Es begierig benutzend, jede Sekunde auskostend. Denn verlorene Zeit kann man nicht mehr zurückgewinnen. Und dann, verflixt, wurde die Zeit für Vater am Ende seines Lebens zu einer Hürde. »Die Zeit vergeht nicht.« O weh, wenn die Tage träge werden. Mann, schweig still.

Onkel Merien ließ die Zeit drehen. Buchstäblich. Jeden Silvesterabend, so erzählte Vater, schnitt Onkel Merien sehr sorgfältig eine Spirale aus einem dünnen Karton. Die Spirale setzte er vorsichtig auf die Spitze einer Stricknadel, die er in eine halbe rohe Kartoffel gesteckt hatte. Dieses Gebilde stellte er an den Rand des Kohlenofens. Durch die Wärme fing die Spirale an, sich zu drehen. Endlos. So sahen Oma, Opa, Onkel Bram, Onkel Merien und Vater, wie sich die letzten Stunden des alten Jahres wegdrehten. Die sich drehende Spirale war ein Sinnbild der Zeit, die immer weitergeht. Manchmal stieß jemand aus Versehen dagegen und das Ganze fiel zu Boden. Dann stand die Zeit für einen Moment still.

War es einen Monat nach dem Tod meines Vaters? Ich war zum Elternhaus gefahren, um dort zu Abend zu essen. Ich saß Mutter gegenüber am Küchentisch. An dem Platz, an dem Vater immer gesessen hatte. Ich schaute hinaus, sah, was Vater sah. Den hohen Himmel, die weite Landschaft. Ich schaute wieder auf meinen Teller, auf meine Hand, die die Gabel hielt. Ich sah Vaters Hand. Meine Hand war zu Vaters Hand geworden. Ich schaute sie an, still vor Erstaunen. Wie lange dauerte es? Fünf Sekunden? Dann sah ich wieder meine eigene Hand. Und aß weiter.

Hoedekenskerke, November 2006

Guido Gezelles Gedicht »Das Schilflied« wurde von Paul Wimmer ins Deutsche übertragen.
In: Paul Wimmer (Hg.), ›Flämische Lyrik‹, Wien: Österreichische Verlagsanstalt, 1970: 15–16.